未动 心已远

旅游卫视　编著

中国旅游出版社

见素抱朴，不忘初心

/2002 年 1 月 28 日，旅游卫视正式开播，如同怀揣梦想的热血少年。作为一个率先踏入电视媒体专业化道路的行业先行者，旅游卫视开创了许多电视节目新模式，被业界看作中国广播电视改革的先锋。《背包游海南》《畅游天下》《玩转地球》……旅游卫视迈出了走向世界的脚步。

伴随着整个电视媒体行业发展的起起伏伏，这 15 年来我们经历了起始、发展、前行、求变和改革。如今，随着传播市场竞争的加剧，特别是随着互联网技术的发展，媒体格局发生重大变化，对于电视人来说，是困难，是挑战，更是机遇。

旅游卫视在 2002 年选择了专业化道路，15 年来专注于旅行、时尚、高尔夫、艺文领域，坚持做精品内容的提供商；面对精英人群，致力做健康生活方式的倡导者。

局势在变，内核不变，旅游卫视一如既往选择坚守，同时依照时代发展规律，深刻地探寻，灵活地融合，不断地创新，将自身优势最大化。卫星电视无法取代的力量和魅力，依然在，一直在，努力有方向，也更有动力。

路漫漫其修远兮，吾将上下而求索。

上下求索的心灵永远会闪耀着光芒，而行者的步伐从未停下， 感恩一路走来各路同仁的相知相伴相助，感谢每位旅游卫视人将最好的年华奉献在这里，并且为了我们共同的梦想倾心付出。

白驹过隙，人生短暂；砥砺不懈，信念永恒；见素抱朴，不忘初心。这是我自己的人生信念，也是对电视媒体、对旅游卫视的期许。

美丽中国看旅游卫视，更多的中国美景将继续呈现给世界，也将把更广阔的世界带到中国观众眼前。

身未动，心已远，让我们一起走吧。

海南广播电视总台台长、党委书记

你所羡慕的，和你所不知道的

心无界，行无疆

世界那么大 我们用 双脚

目的地若不向往，它就不在视野里

目的地若在心里，它就是下一个就要到达的地方

我们

热爱自然，贪恋美食，喜欢到处闲逛，不惧闯祸冒险

极尽全力把能够看到的，感受到的真实世界传递给你

你若问我哪里最美

The Next

从不畏惧未知的世界

也相信最好的自己在路上

用双脚丈量地球的每一寸土地

用双手拥抱荧屏前的每一个你

北极圈手记——

「起风了，努力活下去」

刘砚，制片人。2008 年加入旅游卫视。足迹遍及世界各地，参与制作多部精品旅行探索类纪录片。其中《去你的部落》系列陆续完成南美洲亚马孙、大洋洲巴布亚新几内亚地区、埃塞俄比亚、乌干达地区、北极因纽特部落、撒哈拉部落的拍摄

/ 每当有人问我对北极的感受，我都会告诉他们：北极
非常无聊，那里什么都没有。

时至今日，我依然记得 2009 年那趟去往北极点的海冰穿
行。由于临行前一直熬夜，身体在一个极度倦怠的状态被
直升机扔到了北纬 89 度，全身包裹成厚重的一团，以此
抵御寒风。可鼻子却暴露在零下 30℃ 的空气中，因为呼
吸频率加速，鼻头表面的肌肤被干燥的空气蜕变成一张没
有水分的外皮。

当时我一直在用摄像机的取景器工作，被冻得僵硬的取景
器胶皮反复摩擦干燥的鼻子，我却没有察觉，干裂的皮肤
被磨破，露出被冻硬的"鲜肉"。回到温暖的低纬度地区，

鼻子解冻，冻坏的鼻头竟然开始溃烂。以至于再到后来，每次我看到自己的鼻子，都觉得它变大了。这是我和北极之间的"私人恩怨"，也是关于北极的狼狈记忆。

2014 年 11 月，我再次来到北极地区。这一次不是在荒芜的北极点，而是格陵兰的因纽特部落，拍摄一部关于当今因纽特猎人生活的纪录片。

囚禁在机场

/ 从世界地图上看，格陵兰岛离北美洲非常近，但前往那里，最常规的方法却是从丹麦乘坐飞机，经过 6 小时的飞行到达格陵兰的门户 Kangerlussuaq，然后换乘小型飞机前往全岛各地。

抵达 Kangerlussuaq，我们走出机舱，放眼四望。机场建立在一个三面环山的山谷平地中，另外一面是更为宽阔

的冰河平原。在 80% 的面积被冰川覆盖的土地上，找到这样一块"风水宝地"实属不宜。

出发之前，我在 Google 地图上研究格陵兰，感觉这个世界上最大的岛屿已经被世界抛弃——全球密密麻麻的城市灯火灿烂，无论白天黑夜，都在闪烁，唯独这里一片雪白——216 万平方公里的土地，只有 6 万常住人口。况且，大部分城镇都位于格陵兰西部，东部只有两个人类定居点，最大的一个城市有 2000 人，其余的村庄仅仅只有几百人，比如我将要前往的 Ittoqqortoormiit。因为东部人口稀少，航空公司每周只安排一趟固定航班，用三个小时飞越茫茫冰盖，往返于东西部之间。

在两个小时之内，咖啡厅里所有转机旅客都将会离开这里，被载往西部的不同地方，除了我们摄制组一行三人和另外一个年轻妈妈。我们将在中转站停留一晚，等待明早的飞机。

第二天清晨，机场综合体格外安静，候机楼的屏幕上显示：因为坏天气，

去往东部的航班取消。随后，航空公司地勤人员前来告知，坏天气将持续一整天，如果今天不能飞，要两天后才有机会。航空公司会负责我们每晚200美元的旅店住宿和每天300克朗的餐费。令我沮丧的是，这个格陵兰的门户之地，除了机场，外面什么也没有，只能傻等。

把 Kangerlussuaq 形容为"门户"太确切不过了。走出机场咖啡厅，外面仅有一条街道，几个大的集装箱建筑体分别立在街道两旁，是超市和商店。除此之外，就是当地居民的小木屋。这里最大的建筑体是机场候机楼，这是一个融合了多种功能的综合体：候机楼、咖啡厅、餐厅、酒店、医院、理发室。Kangerlussuaq 存在的意义就是保证这个门户机场能够正常地运

转，当地人的工作或多或少都与机场有关，或是机场里的派出所，或是机场的加油站，或是机场历史博物馆，等等。

第三天，机场综合体继续消沉，这一天没有任何飞行任务。咖啡厅仅有我们摄制组和那对母子，与昨天坐满了转机旅客的热闹场面形成了鲜明对比，气温也陡降到零下17℃。

第四天，我怀揣着出发的期待来到候机楼，却又被泼了冷水——继续等待。具体什么时候能飞，谁也不知道。航空公司说整个格陵兰航空只有6架小型飞机来承担全岛的飞行运输，今日飞机都在执行任务，飞往东部的航班无法协调。至此，我被"囚困"在了机场。

第五天，我开始向航空公司抗议，他们的回答是无数个抱歉，并把每日餐补提高到了350克朗。为了打发时光，我开始尝试在室外零下20℃的温度下跑步。只需几分钟就离开了机场综合体，进入荒原。我在旷野中大喊，直面这个真实的冷酷世界。一切都很安静，最大的声音来自于自己的呼吸和心跳，竟有一种放空的感觉。

第六天，持续的抗议取得成效，但跟我们的初衷背道而驰。航空公司的工作人员为了安抚我们，提出可以安排我们去30公里之外的冰川看一看。路上，司机特意在一处美军坠毁飞机的残骸现场停下，并告诉我们，这就是在格陵兰的坏天气强行起飞的后果。

第七天，丹麦出发的飞机又来了，咖啡厅餐馆再次爆满，随后再把旅客分发到西部的各个城市，而我依然在等待。出发前预想过很多拍摄困难：黑夜漫长、寒冬冰冷、地广人稀……可直到今天，这一切比想象糟很多，我甚至都还没有机会遇到这些难题。就如同你准备去打一场硬仗，对手一直

没有出现，自身生命的能量却在未知的等待中被消耗掉了。据咖啡厅的厨师说，此前因为坏天气滞留最久的是一个星期。他开玩笑地恭喜我，明

天我将成为新的格陵兰航空纪录保持者。

第八天，我们和那对母子的关系越发亲近，因为被同一种悲惨的遭遇所笼罩。我看了电影《幸福终点站》，竟然体会到主人公被囚禁的心情。我继续在冰原上跑步，在跑步中学习思考、掌握自己的节奏、去除惯有的惰性，明白了"当我在跑步的时候我在思考什么"是一个哲学命题。

第九天，白天越来越短。天光露出的时间从每天9点推迟到了10点，远山后的太阳想努力地升起来，但就是没有办法，挣扎两小时就日落西山，

宣告白昼结束。餐馆大妈、厨师、机场搬运工、超市收银员，我和机场综合体的每一个人都混熟了，并且有了可以拿起相机不被拒绝的气氛。和他们聊天，每个平凡人都有令我吃惊的不凡之处：酒店油漆工，工作 5 年，买了一艘轮船出海环游；挖掘机包工头，用一个月的时间，滑雪横穿东西格陵兰；机场搬运工，来自北部的传统狩猎社会，捕猎北极熊是老本行……

第十天，终于可以离开了。在飞往东部的小飞机上，我突然有了强烈的交流欲望。被"囚禁"十天的最大好处，就是让我认识到谈话是件多么愉快的事情。我的邻座竟然是几天前在

选举中新上任的政府成员，他告诉我，他今年的主要工作就是为东部家乡向政府申请更多的捕猎限额，因为格陵兰东部才是真正的猎人社会。

猎人空归

/ 这是一个远得近乎抽象的地方，我们换乘了两次航班，又搭载了一架直升机，飞越海冰，穿过雪谷，终于见到格陵兰最偏远的小镇Ittoqqortoormiit。雪山从迷雾中显露，美景看得人痴迷，之前十天的"囚禁"等待瞬间变得值得了。

从飞机往下俯视整个小镇，小木屋点状分散在巨大的冰山上，看起来像在一张白纸上洒了几滴彩色墨水。视角再宏观一点，小镇依傍的山脉延伸插入大海，整个形状如同一头北极熊趴在雪地上。因纽特人1925年在此定居，他们发现这个峡湾的捕猎条件十分优越，海豹、独角鲸、北极熊、海象、北极狐都是重要的生存食物，这种狩猎传统延续至今。

刚刚在当地人的小木屋安顿好，就听

到一长串激昂的摩托车轰鸣由远及近，出门一看，正逢一户猎人打猎归来。他的雪橇摩托后面拖挂着一个长方形木箱，里面是一头北极麝香公牛——刚被剥了皮，分成几大块，风雨兼程后依旧热气冒烟。此刻是 11 月底，是进入寒冬和黑夜的开端，人们开始为度过寒冬存储食物。

对因纽特猎人来说，最好的狩猎季节其实是春夏交替的时候，北极熊开始苏醒，到处活动寻找食物，独角鲸在融化的海冰中迁徙，更容易被发现。但是在这个时节，如果出现了捕猎机会，他们仍然是不会放过的。当晚，向导尤里斯告诉我，猎人乌迪听到海里有独角鲸在冰下游过的声响，他们明早要去海边巡看。作为一个纪录片拍摄者，出现这种机会，我当然也不会放过。

在一个山崖制高点，狩猎队伍停了下来，乌迪拿出望远镜开始向远方打量。结冰的大海一片沉默，没有被冻结实的区域能够看到透明的薄冰和被风吹拂的海水。猎人们死死盯住那片区域，因为独角鲸会冒出来换气。三个猎人轮番用望远镜观察，一旁的我不敢惊扰他们。通过摄像机的长焦，我们隐约发现了海水中的一个黑点，猎人们嘀咕了几句，转头跑向雪橇，分别拿上了枪、棍、叉、绳，扔下我和向导不管，跑下山崖，跳上 200 米外漂浮晃荡着的海中浮冰。他们会判断出独角鲸此后的运动游行水道，然后分工设点，近距离守候。

突然，一个猎人踏破了冰层，大腿陷入冰海之中，他随即将手中的长条木棍横放在前方还未破裂的冰层上，上半身匍向了冰面，只有这样，才可以尽量减少破碎冰层的压力。然后，他慢慢地用木棍将自己整个身体拖向一旁结实的冰层。猎人的本性在此刻显露无疑，狩猎并没有因为一个人的落海而终结，那名落水者继续走向他们计划好的埋伏点，等待开枪的时机。

我开始调整我的位置，准备向猎人们靠近，却被一旁的向导立即制止。他告诉我，海冰极不稳定，没有经验的人上去会很危险。另外，独角鲸对声音非常敏感，猎人可以在冰上行走，是因为他们落在冰上的每一步都精确地把握着分寸，既不会产生震动与噪音，又可以让自己有安身立足之地。

就这样，我在远处看着匍匐在冰上的猎人和平静的海水，一个小时过去，什么也没有发生。我的脚被冻得僵硬，为了让血液循环流动，我不停地跺脚，原地踏步，真不知道待在冰上的猎人们究竟是怎样度过的。

一声枪响打破了沉默，几秒钟后，四周又归于平静。猎人和向导叫嚷了几句，向导告诉我：独角鲸游走了。然而这声枪响，使镇上的人陆续来到狩猎现场。在整个 Ittoqqortoormiit 地区，政府规定一年的捕鲸配额是 5 只。通常，被捕获的独角鲸除了牙齿留给打中他的猎人之外，其余部分是均分给所有参与者，还有那些不能出行打猎的老年人。所以按照因纽特猎人社群的规定，捕到独角鲸后，社区的每个人都会来帮忙

将这个庞然大物拖上岸，运回居住点。但让大家失望的是，这次的狩猎行动空手而归。

一天中仅有的三个小时白昼很快就过去了，下午两点，天空变得一片漆黑。乌迪在回来的路上告诉我，捕猎独角鲸是一个全靠经验的活动，需要猎人在正确的时间、正确的地点抓住那转瞬即逝的机会。猎人们都知道现在不是捕猎独角鲸的时节，但昨晚乌迪听见独角鲸的声音并提出今天的巡察计划时，其余猎人都没有反对，因为独角鲸对他们而言太过重要了。可是，用大半天的时间去争取机会渺茫的收获，大概只有格陵兰猎人才有如此"闲

情逸致"。对于一部分当下生活在超级大都市的人而言，他们希望找到这

样一个地方——人们依靠劳动丰衣足食，生活节奏与时令合拍。格陵兰小镇的这一切，应该算是他们心目中的理想之地，但是，如果真的来这里生活，我想他们会疯掉。

北极食谱

/ 起风了，努力活下去。

Ittoqqortoormiit 小镇在接下来的一周充分展示了它的粗鲁狂暴。小木屋内，电视机不断播报着小镇的最高风速达到了 40 米每秒，温度计以华氏或摄氏为单位都不重要了，两种单位都显示着这里的天寒地冻。在这种情况下，大家都没法出门。我们在镇上超市采购了大量西方快餐食品，向导尤里斯和我们同吃同住，此刻窗外暴雪，他兴之所至，想给大家吃些因纽特的本地食物。

我跟随他前往食物储存室，那里是没有暖气的木屋底层，也是一个天然的冷冻冰库，所有冻硬的食物都混合着海洋的咸味和生肉的血腥味。这里有北极熊身体的各个部位：头、胃、前脚掌，还有众多海豹——它们被切成

了十多块堆在地上。

"想吃生的还是熟的？"尤里斯问道。

对尤里斯的问题，我尴尬地笑而不语。在关于北极食物的各种资料中，都会详细解释因纽特人的另外一个称呼——"爱斯基摩"人，意思就是吃生肉的人。但对于我来说，无论是生肉还是熟食，都很难将它们和美食联系起来。

最后，尤里斯收罗了一坨海豹油、一块鲸鱼皮，还有一块海豹肉。

独角鲸鱼皮的吃法最为简单，只要将它们浸泡在冷水里，软化到一定程度后就可直接食用。鲸鱼皮一面是黑白相间，另一面是纯净的肉色，同时带

26

有血迹。浸泡的时候，我戳了戳，感觉非常油腻。 放进水里十分钟后，水的表面泛起了一圈圈油层。

尤里斯拿出软化好的鲸鱼皮，用刀将其划成一小块一小块的正方体，然后塞进了嘴里。

"怎么样？"我问。
"味道不错，非常新鲜。你要知道，这东西对身体有好处。"
"我知道，所以它很珍贵。"
"冬季没有太阳，我们都是靠它来补充维生素。"尤里斯边吃边说。

"好吧，我也来试一试。"实际上，鲸鱼皮没有任何味道，咀嚼起来也异常困难，硬度好比橡胶，很难将其吞咽。

在整个格陵兰地区，无论是猎人社区还是已经西方化的城镇，独角鲸是最上等的食物，大家都喜欢，也最昂

贵，一块一斤重的鲸鱼皮，大概售价为 200 克朗。

我吃完后向尤里斯点了一下头。他立刻又开始向我推荐："你应该试一试海豹油，这是我们的黄油。"与其说海豹油是因纽特人的黄油，更不如说是他们的"老干妈"。面包、生肉、熟肉、内脏，任何食物都可以和它混搭。总之，因纽特就是一个喜欢油腻与大肉的民族，只有这样，他们才能面对外面的冰雪世界，这是他们的祖先对北极环境作出的生理抉择。

"如果长时间不吃肉，你的身体会有什么反应吗？"我好奇地问道。

"我们必须吃肉，没有肉的话，胃就

会灼热，很不舒服。"尤里斯说。他还告诉我，老一辈的因纽特人喜欢稍加腐烂的生肉，这样更容易咀嚼。在过往的观念里，用火加工肉食是对新鲜肉类的

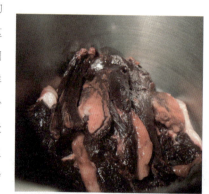

糟蹋，但这也是有原因的，在那样寒冷又缺少燃料的冰天雪地里，火总是一种奢侈品。

与此同时，我看见尤里斯开始制作海豹肉：把肉放进锅里用热水煮，然后加入一些海豹油就做好了。烹饪手法真是难以置信的单调。

"那绿色蔬菜怎么样？"
"不喜欢。"尤里斯回答得相当干脆。因纽特人深信不疑肉食才是真正的食物。

虽然 Ittoqqortoormiit 是世界上最偏僻的人类定居点，偏僻得只能吃点全球化高速发展留下来的残羹冷炙。但

这几天我发现的一些现象，也绝非巧合。在 Kangerlussuaq 机场，和我们同行的一位去丹麦做唇部手术的男孩，他的脸部残疾病症从出生就有。

另外，自从我来到格陵兰东部，已经发现了好几位走路不正常的年轻人。

人类学巨著《枪炮、病菌与钢铁》的作者贾雷·戴蒙德曾提到过：世界上，血液内有毒化学物质和杀虫剂含量最高的居民就是格陵兰东部和西伯利亚的因纽特人。虽然这两个地区本身离使用化学制品的地区非常遥远，但因纽特当地人的血汞浓度却很高，几乎达到急性汞中毒的程度。因纽特母乳里所含有的多氯联苯浓度之高，可归入"危险废弃物"的行列，足以造成婴儿听力受损、脑部发育异常和免疫功能障碍。

那么，因纽特人身上的有毒化学物质含量为何如此之高？我觉得关键因素就是：因纽特人的主食全为鲸鱼、海豹、海鸟等，而这些动物又以鱼虾和

软体动物为食，化学物质随着食物链层层集中、转移。全球化的进程与重金属的污染导致了这里人们身体产生变异残疾的几率大增。

我是杀手

/ 离开 Ittoqqortoormiit，我们飞往 Tasiilaq，一个只有 2000 人的格陵兰东部第一大城市。向导尤里斯的家就在那里，我要去拜访他的岳父大人。

尤里斯的岳父名叫吉尔特，虽然年过六旬，但作为村庄里的第一猎手，他的精力依然旺盛。因为不习惯 Tasiilaq 这个大城市的生活，他来到了几十公里外只有 100 人的村庄 Tiniteqilaaq，并且谋了一份差事——村里的超市经理。当然，更重要的原因则是，吉尔特回到村里可以随时打猎。

见到吉尔特老人家时，他正在村里的

文娱活动室弹钢琴，当声乐老师。因为圣诞来临，全村人都要唱圣歌。尤里斯告诉我，只有在村庄里，吉尔特的角色才会如此丰富，才能找到自己的价值——他既是村里的长老，商讨全村大事要他出席发表意见；又是年轻人的音乐老师，他主动成立了唱诗班合唱团；还是超市各种货物买卖的掌门人，协调着村庄与外面大城市之间物资的交换需求。

每个周末，超市关门，吉尔特身上所有的标签都消失了，只剩下"猎人"这个称号。当我提出要跟随他外出打猎，他善意地提醒道：在冰原上徒步一天很辛苦，你要做好准备。

终于等到周六，吉尔特拖着他的 kayaka，他的女婿尤里斯拿着木棍，我则紧随其后，徒步行进在冰冻的峡湾海面上，狩猎开始了。

我们要去的狩猎区是一个非常复杂的冰川峡湾地带。这片被称为 Sermilik 的冰海峡湾是东格陵兰最大的峡湾系统，几条大规模的冰川都位于这个地区，其中最活跃的 Helheim 冰川，

每年单独贡献了整个格陵兰地区5%的"海冰汉堡"。所谓"海冰汉堡"，就是冰川崩裂后分散成一块一块的超级大冰块漂浮在海洋上。在此后的几天，每当有狂风来临，冰浪开始咆哮，像摩天大楼一样高度的"海冰汉堡"会以每小时10公里的速度在眼前漂移、碰撞。冰浪壮美，场景魔幻。

吉尔特走，我就走，吉尔特停，我也停。当他停下来时，会习惯性地做一组动作：双脚起跳，然后落在积雪的冰层上。尤里斯说，这一招其实是在寻找海豹。作为哺乳动物，海豹是需要从水下冒出头来呼吸的，因此它们往往会在海冰上打一个呼吸洞口。在峡湾结冻的冰层中，这些洞口很容易被浅层积雪冰霜所覆盖。因此，只要猎人的双脚落在冰层上感觉此处积雪松弛，就说明这很可能是海豹的呼吸洞口。猎人只需在洞口耐心等待，等它们冒出头来换气时，一枪爆头。北极熊，这种巨无霸也是用同样的原理来寻找海豹的。

我对这次跟随吉尔特出行捕猎的期待颇高。一是因为海豹作为因纽特人最常用的食物，数量巨大，收获的几率很高。二是缘于尤里斯一直说他的岳父是猎人中的猎人。这种评价极大地激发起我的好奇心：吉尔特到底有多厉害？

可是几十个小时过去了，我们却一无

所获。

如同上次跟随猎人捕捉独角鲸的经历一样，天色暗下来，就意味着捕猎结束时间到了。吉尔特让我们先往回走，他再去一个开阔冰域等待最后一次机会。最后一缕夕阳即将消失之际，枪声响了，呼叫声也响了起来，那是吉尔特在告诉尤里斯：他已命中猎物，赶紧把独木舟拖过去。于是，我们匆忙奔向远处的吉尔特。在最后一抹天光下，他划着独木舟进入冰海，捡拾猎物。这个场面至今令我印象深刻，它是如此简单——仅仅是一艘独木舟在冰海中的剪影，却少有景象比它更悦目，也少有喜悦比它更令人神往。吉尔特用教科书般的现场表现告诉了我这个外来人，也告诉了他的女婿，捕猎的同义词就是等待，等待，再等待。最后一刻，在大家都放弃的时候，老猎人方显英雄本色。

猎人，同时也意味着他也是屠夫。吉尔特开始现场处理。他用刀割下了海豹的内脏，并告诉我，能够有机会当场食用新鲜内脏是非常幸运的。对此我颇感为难，虽然强迫自己像吉尔特一样尝试了其中一块，但心里一直在颤抖。"这是动物和男人的土地。"我故作镇静地说道，我经常用这句话拉近我和当地猎人之间的距离，同时也用这句话来结束我和当地人之间的尴尬。

"你是一个好猎人。"我向吉尔特竖起了大拇指。

"我不是一个猎人，我是一个杀手。"吉尔特笑眯眯地看着我。

"我告诉你，我们跟动物的关系，"他继续补充道，"冰上的血不代表死亡，而是对生命的一种肯定。我们必须面对杀害生命以填饱肚子的事实，打猎有如一种圣礼。"

对吉尔特来说，他不会觉得今天在寒冷的冰河上待几个小时有多么重大的意义。而对我来说，能亲眼看到这位年过六旬的老人在冰海中经历这一切，意义非凡。

「走吧，看看这地球表面的百分之七十一」

王淇，主持人。2014 年加入旅游卫视，主持《有多远走多远》《中国旅游新闻》《心煮艺》等节目。

／梦里总会闪现这样几个画面，一个是电影《极盗者》里的女主角纵身一跃潜入大海的美丽身体；另一个是电影《海洋奇缘》里过尽千帆的壮阔和女主角被海浪轻轻拍打头顶的温柔。

那么，是从什么时候开始，我对一切关于海洋的事物敏感又沉迷？

马来西亚：我对大海有感觉！

/ 第一次出国，是去马来西亚。水性并不是很好的我要在节目拍摄的过程中感受马来西亚的风土人情，同时展示学习潜水的整个过程。正所谓"初生牛犊不怕虎"，我咬着牙和制片人说："没问题！"

我们的潜水教练 Dereck，精瘦，一米八的个头，全身被晒成冒着油光

的非洲古铜色，身上有着各种各样的文身……22岁的姑娘看到这个长相，简单粗暴地给他定了性，必定是坏人无疑。可这坏人上起理论课却极其认真严肃，最常说的就是："这很重要，关乎生命！"

两天的理论课并不好过，我在每日的昏昏欲睡中，在对水下未知的恐惧中，无数次萌发了放弃的念头。第三天终于可以下海，我带着复杂的情绪背上沉重的潜水气瓶，戴上潜水面镜，咬住呼吸器，对着镜头硬着头皮跳进了大海。可就在那一刻，神奇的事情发生了，我身体里的每一个细胞仿佛都在跳跃，我很清晰地感受到：我对它有感觉，我对大海有感觉！

我把手放在海底的沙地上一动不动，不一会儿，不远处的小虾们慢慢向我挪过来，透明的它们看起来可爱极了。它们试探性地碰我一下又立刻缩回去，我依旧不动声色，于是它们的胆子渐渐变大，一只只爬到我的手上。我的手竟然感觉到轻微的咬噬感，小虾们似乎是在帮我清理指甲周围的死皮，那一瞬间只觉得奇妙极了，就好像自己变成了大犀牛，和背上的犀牛鸟成为了亲密无间的好朋友。

一次次下潜，一次比一次更深，我这个用嘴工作的人却迷恋上了在海里无法说话的状态。我在海里尽情保持着沉默，听自己的呼吸声，听鱼群偶尔游过的声音，听自己内心的声音。

爱上潜水后，我和 Dereck 渐渐熟络起来。他告诉我，几乎每一个潜水教练员都有文身，这是一种对待生命和海洋的态度，假若有一天，不幸将生命留在海里，即使被鱼群叮食后残肢四散，别人也能通过独一无二的文身

辨别出潜水员的身份。这样的话听起来着实有几分骇人，但仔细想想，谁说这不是一种对大自然的敬畏呢？

生日印记：沦陷在海里

／2016年夏天，临近生日，我一个人去了心之向往的地方——台湾。因为安排了潜水的行程，所以直接乘高铁至台东，而后乘船去绿岛。

上岛的第二天刚好是我的生日，阳光一如既往地好，我和潜水的其他伙伴一早便出发去了潜点。路上我暗暗思忖着，虽然这个生日没人知道有些寂寞，但阳光大海就是我送给自己最好的礼物。

下潜过程非常顺利，绿岛的水质很好，能见度很高，让我全心沉浸其中。下潜到二十几米处有一片沙地，一个朋友拉住我，示意我静止、不要乱动，想必是大家要一起拍照，于是我放慢呼吸，调节中性浮力，让自己尽量平稳地待在沙地，等待下一步指挥。另外四个小伙伴也慢慢停在沙地上，面对

真的不知道如何告诉他们我的感激。24 岁的第一天太过美好，我想，所有爱上潜水的人，可能不仅仅是因为大海本身的魅力，还因为在海里遇到了一群同样温暖纯良的伙伴。

就这样，我似乎中了大海的毒。三年前还不谙水性的我，现在已经成为了一名自由潜运动员。我要去斯米兰跳舞，要去斯里兰卡追鲸，要去墨西哥洞潜，要去南极破冰……走吧，我带着脚蹼和湿衣，在旅游卫视的路上，有多远走多远，去一起看看这地球表面的百分之七十一。

着我一字排开。摄影师大西拿着水下摄影装备，在距离我们稍远的位置。我疑惑地看着他们，刚想打手势询问情况，就看到雅雅把呼吸器从嘴里拿了出来，我惊慌地以为她出了什么状况，可还没等我起身游向她，他们一个接一个陆续拿下了呼吸器，每人用嘴型对我说一个字，连成了一句"生日快乐"。

那个瞬间的惊喜与动容，我到现在也不知如何表达。我感到潜水面镜进了水，却分不清是海水还是泪水。我用大拇指对他们说谢谢，还在水里用手臂比了一个爱心，其实手舞足蹈的我，

胡文君 主持人。2014 年加入旅游卫视。
主持《超级旅行团》《有多远走多远》等节目。

Hola, 灵魂西班牙

/ 总是有人问我，你去过那么多地方，最喜欢的是哪里？这真是一个很不好回答的问题。我去过几十个国家，目的地风格不同，感受自然也不尽相同，难以比较。如果一定要说出一个"最"，脑子里频频闪过的画面里，既不是罕无人烟的无主之地，也不是值得夸耀的绝壁奇峰……这个"最"不是因为当地的风景，而是那里的人，或说是一支舞……

弗拉明戈几乎是西班牙的代名词，这个充满激情与自由的舞蹈完全表现出了西班牙人民的性格——热情与奔放。很早之前就看了电影《塞维利亚》，因此对这个让全世界爱上弗拉明戈的地方迷之神往。

初到塞维利亚，深感这个城市有着一股流浪的气质。对，没错，就是流浪，流浪又不羁。相比于大城市里宽阔、车流涌动的马路，这里更多的是窄窄弯弯的小巷，凹凸不平的石头路，最多能容下两三个人并排走。但在这里，总能发现大大小小的意外惊喜，你不知道在哪个拐弯，就可以看到这最富感染力的舞蹈。

吉普赛人总爱说："弗拉明戈就在我们的血液里！"的确，这舞姿与舞者的装扮，让人联想到遥远的吉普赛、卡门，那些来自遥远异乡，美丽而桀骜不驯的灵魂。

正因为弗拉明戈的舞蹈表现的是舞者对生活的感悟，善舞者大多是眼角皱纹都有着故事的艺术家。伴随着吉他声响起，舞者将放纵与自由、激情与矛盾用肢体在舞台上淋漓展现。女舞者挥舞裙摆与男舞者之间忽远忽近，若即若离。手中的响板追随着她的舞步铿锵点点，似乎在代她述说沧桑的内心往事，而肢体的大幅度动作却充满了愤慨与激情。男舞者用手拍打着节奏，伴随着吉他声与或高亢或低沉的吟唱，这一刚一柔之美让我每一个细胞都亢奋起来。

我几乎是怀着敬畏之心在现场观看的，舞台距我仅有一米，可以清晰地观察到舞者眼角的皱纹，甚至他们身体舞动旋转而甩出的汗珠在空中划出的有力的弧线。舞者手中的响拍、脚步踏到地板的声音，声声扣心，犹如一场灵魂的对话。

而比欣赏舞蹈更加让人兴奋的，是我有幸跟随在舞台上表演的资深舞者，学习了弗拉明戈的一招半式。

弗拉明戈的基础是上半身肢体动作，用大臂带动胳膊反转后将力量传递到手掌让指尖来回翻转，动作相似却速度极快。那种需要用力的快感让从小学习柔美中国古典舞的我束手无策，几个动作后手臂又酸又疼，唯一找到点共鸣的就是感觉像在打麻将——左手摸牌，右手摸牌，两手一翻，和了！

我想我骨子里应该是没有吉普赛灵魂的人，就像我跳出的弗拉明戈中带着年轻版广场舞的味道。这么说来也算是中西结合，不枉费我在号称"安达卢西亚烤箱"的塞尔维亚某个炎热的夏天，奋力学习的一小时。

也正因为亲身体验，我更加佩服在舞台上用肢体展现力与美的舞者，多少年的练习才能将这份吉普赛式的爱恨情仇表达得炉火纯青。

再加上脚上的步伐踏前点又后点，换左脚踩三下，接右脚，踏勾踩三下……镜子里的自己好生笨拙。

写到这里才发现，不知不觉中《卡门》的音乐已经循环播放了好久，很想再去一次，重新去感受那种不羁与流浪的洒脱，再去看看卡门、去唐璜的小酒馆喝点东西，或许，邂逅一段不期而遇的爱情……对了，还得再去跟堂吉诃德打个招呼……当然，必不可少的保留项目还是坐下尽情欣赏，那个塞利维亚一切奇幻故事的源泉——弗拉明戈，和那群灵魂舞者说一句"Hola！"

董艺云，主持人。2013 年加入旅游卫视。主持《看今天》《最美地产》《有多远走多远》等节目。

旅行是真正属于自己的礼物

／从《西雅图夜未眠》再到《北京遇上西雅图》，两段感人的爱情故事让我对西雅图这座城市充满了幻想。于是，4个女孩儿，一辆车，12天，行驶4000公里，从西雅图出发，穿越6个城市，开始人生的第一次异国自驾行。

从西雅图的宁静，到洛杉矶的繁华，从拉斯维加斯的奢靡，到圣地亚哥的祥和，每天都是全新的体验。

／早听说西雅图的派克市场有著名的"飞鱼秀"。虽然并不知道是什么表演，我们还是慕名而去了。刚到市场门口，就看见一群人围在一起，又拍照，又叫好，好不容易挤进去才发现，不过是一个卖鱼的摊位，几个人正在把各种新鲜的大鱼在空中抛来抛去，一边抛一边还喊着整齐的口号。他们分工很明确，有负责叫卖的，有负责称重的，有负责打包的，有负责收费的，原来这就是传说的"飞鱼秀"，明明是件简单枯燥的工作，却成为一个饶有趣味的表演。当你置身其中，真的可以感受到他们在工作中那种发自内心的快乐。

我很佩服美国人的娱乐精神，他们可以把生意做成表演，把日常工作变成城市旅游特色。把兴趣变成工作，兴趣会索然无味，但是把工作变成兴趣，工作就会乐趣无穷。

同样令人敬佩的，还有市场不远处的一间小咖啡厅，虽然看上去非常不起眼，但这就是大名鼎鼎的星巴克的起源地，是世界上第一家星巴克咖啡店。一个如此不起眼的小店竟然能够被打造成如今的环球连锁品牌，就像很多世界级的大公司都是在车库中或是宿舍里诞生的一样，星巴克咖啡也充分体现了美国人开拓创业的精神。排了半个多小时队，终于买到一杯 3 美元的咖啡，那个雨后的早晨，我喝的不是咖啡，是星巴克几十年的传奇。

敬佩

51

／拉斯维加斯是一个在沙漠中创造的奇迹。前往拉斯维加斯的路上，一眼望不到尽头的公路两旁都是荒芜的沙漠、岩石、枯黄的野草。而当拉斯维加斯城慢慢接近，沙漠公路带来的疲倦感逐渐被抛开，我们眼前出现了一个与荒芜对比鲜明的城市。远远望去，金碧辉煌，在这片孤独的沙漠中显得尤为突出。

在拉斯维加斯，到处是缩小版的自由女神像、狮身人面像、金字塔、埃菲尔铁塔、凯旋门……每一个微缩景观都属于一个大赌场，而每一个赌场更是这里的一个真实景观。拉斯维加斯的街头跑着各种各样的加长林肯、加长悍马，而在这里开车，速度总是快不起来，因为你会不停地张望、不停地感叹，感叹美国人用自己的智慧在一片沙漠中竟然创造出了一个如此繁荣的都市。

惊叹

／我最期待的旅程，1号公路，曾被评为全球十大最美沿海公路。它位于美国的西海岸，一侧是太平洋，另一侧是落基山脉。它的美丽并不仅仅在于一侧浩瀚的太平洋，而是这里有着最美的陆地和海洋的结合。

有人说："开车走1号公路，是一种享受，是一种生活态度，是一种洗礼，是一种人、海和阳光的融合。"蓝天、碧海、礁石、峭壁、阳光、沙滩、草原、公路，还有慵懒的海豹在沙滩上晒太阳……这些完美的自然风景，会让你目不暇接。这里没有过多的人造痕迹，也没有过分的商业开发，保持着一种自然单纯的状态。其实如果时间允许的话，或许更该骑上一辆自行车，沿着蜿蜒的公路前行，忘记时间的存在。

享受

／如果说此行最舒服的城市是哪里，我会毫不犹豫地推荐圣迭戈，这是一个坐落在美国西南角的海滨城市。全年温度变化不大：冬天穿件薄外套即可；夏天也不算炎热，即使白天有些晒，到了傍晚又十分凉爽。

舒适

这里很少看到高楼大厦，路边都是整齐的别墅，干净的道路上车辆和行人都不多，当地人平和地享受着这里安详的生活。偶尔会看见家长推着婴儿车在路边散步，一些小朋友带着头盔骑着儿童自行车在身边路过，也有年轻人用滑板作为代步工具，却不张扬。

我们用了一天的时间，什么都没做，只是懒洋洋地享受着加州温暖的阳光和细细的海滩，享受这个被评为美国最适合居住的城市之一的——圣迭戈。

旅行并不能改变人生，但旅行中的所感所悟，却可以改变一个人的生活态度。找到属于自己的旅行方式，让自己的旅行充满未知，充满乐趣，走走停停，随遇而安。

在迪拜土豪个痛快

史林子，主持人。2009 年加入旅游卫视。主持《城市惠旅游》《城市惠生活》《美庐天下游》《有多远走多远》等节目，入围 2014 年中国金鹰节最佳电视女主持人。游历过全球 35 个国家和地区，100 多个城市。

/要问迪拜的代名词是什么，去过的、没去过的，应该都会异口同声地说：奢华。在我的想象里，在我的记忆库里，迪拜是阿拉伯乃至全世界最富有的地方，马桶都是金子做的，满街的车最差也是布加迪威龙，堵车了就用自家直升飞机把车吊起来，自动售卖机里卖的是金条，菜品的摆盘配饰才不会是胡萝卜花、黄瓜片儿之类，人家用的都是金箔……那里的人都挥金如土，还特别有腔调地视金钱如粪土，他们用的手机比我家房子都贵，就是这么有钱又任性。

迪拜是建立在石油上的国家，从30年前的第一桶石油，就开始有了各种各样用金钱堆积起来的奢侈品。它是沙漠中最奢华的地方，一次又一次堆砌起世界之最，也一次又一次颠覆人们对于奢侈的定义。

每个去过迪拜的人，都会迎来别人艳羡的目光吧。那我就特别随意地讲讲我的迪拜旅程，稍微"炫个富"。

在迪拜下了飞机，我就随便坐上了一辆劳斯莱斯。那劳斯莱斯吧，其实也挺普通的，就是比夏利长点儿，宽绰点儿，有个穿雪白制服的阿拉伯专职司机，里边有个 Mini Bar，大概也就十来种酒，真的挺不全的。司机的驾驶技术也不怎么样，一看就是在早晚高峰的北京二环路上搞不定的。迪拜的马路也不够宽敞，单向才7车道，还不到80米呢。

我还在总结迪拜的不足打算给他们建议一下呢，就到了目的地。是个酒店，弄得跟帆船似的，造型真的挺俗气的，门口的转门还不如我们电视台呢……大堂倒是挺大，还有个特别土豪的喷泉，可是没多少人，看来他们不怎么会做生意啊。一位穿着蓝裙盘着头发的漂亮服务生，立刻过来迎接我，引领我上楼，说已经准备好了房间。要不是他们这么热情，我还真不是特别想住这儿。这楼太高了，要是停电梯，我行动多不方便啊。再说酒店那么大，我去个餐厅还得打车，不好不好。

我们乘坐观景电梯上楼，棕榈岛、亚特兰蒂斯酒店——在眼前出现，都看腻了——你们这儿怎么没有天安门啊，怎么没有中华世纪坛啊。正琢磨着，电梯停在了 25 层的皇家套房，我的华人管家早在那里等候了，工作人员站成一排，有递毛巾的，有递果汁的，真是太客气了。

管家说，这是整个帆船酒店最豪华的房间。不过你们不用羡慕，其实也不算太豪华啦，只有 780 平方米，也就相当于十来个小户型。房间里所有的装饰品都用黄金打造，到处都是金灿灿的，有点晃眼。听说已故的设计大师范思哲曾经在这个房间住过一晚，回去后赞不绝口。为了哄他们高兴，我就说这个房间真是一间优雅的黄金屋。

走到窗边我发现尽收眼底的可不是普通酒店能看到的景色，楼下就是耗资 11 亿美元填海而成的壮观人工岛，迪拜的一切仿佛触手可及。这叫怎么回事嘛，不出房间就什么都能看见了，让我明天出去玩什么呀。

而且他们连个正常版的 iPad 都没有，动不动就是售价四万块的黄金 iPad，要不就是全金的 iPhone，真的是够了！这不是钱的问题，用起来实在太重了，一点都不适合我们女孩子。

还是换个心情，去酒店外的地方走走。刚踏出门，劳斯莱斯又来了，真烦人呢……坐着劳斯莱斯去了全世界最高的建筑迪拜塔。虽然有恐高症，我还是任性地决定要上去看看，过土豪的日子就得搭配任性才招人恨。迪拜塔高 450 米，从我登上电梯的一刻开始计时，到达顶端用了 1 分 10 秒，比刘翔也快不了多少。

在高处待久了也冷清，还是要接点地气。我换了辆迪拜平民品牌奔驰

的 G55 吉普，司机带我去沙漠兜了一圈。沙漠是迪拜人的城市后花园，所以也没什么啦，就跟在花园里野餐一样，我坐在沙漠里吃了一顿一般丰盛的午餐，具体吃了什么就不说了，你们千万不要嫉妒。

驶出沙漠，我发现这里的出租车都比它高级，觉得有点没面子。我果断地换乘了水上飞机，在迪拜空中俯瞰一下这个城市。帆船酒店在我之下，棕榈岛我看见你了，还有布拉德·皮特、贝克汉姆，我看见你们……在棕榈岛上的豪宅了。

终于炫富炫了个痛快。接下来就要走近科学揭开真相了：

帆船酒店，一晚价格 12 万元人民币，我连在沙发上坐 5 分钟的钱都不够，所以拍摄完入住酒店的画面就立刻卷铺盖到几公里外的一家普通酒店去住了。迪拜塔，我们去的时候已经因为电梯故障关闭了近 2 个月。劳斯莱斯自然也是为了配合拍摄的，只有水上飞机是我真的消费了一把，不过 45

分钟 200 美元的价格也是来迪拜的游客人人都坐得起的。还有节目里出现的人均消费几千元人民币的水下餐厅，我们拍完和鱼儿共进晚餐的浪漫场景，就立即撤离去吃平价餐厅了，仔细看会发现我面前的红酒杯都是空的呢。

好了，我已经坦白了，我假装土豪的迪拜之旅还能在大家的羡慕嫉妒恨中画上句号吗？

北非秘境苏丹，一定不会再去！

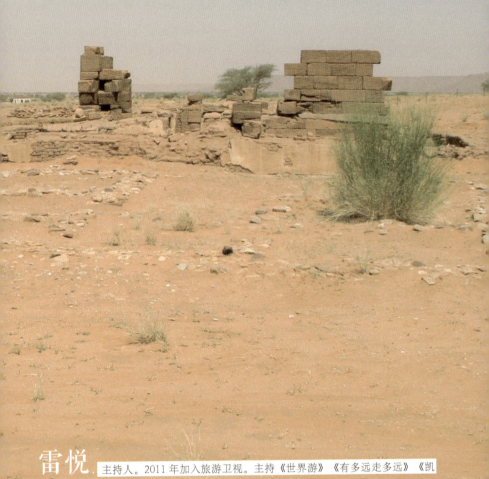

雷悦，主持人。2011 年加入旅游卫视。主持《世界游》《有多远走多远》《凯凯莎莎游世界》《大驾光临》《超级旅行团》等节目。

／旅行，是和自己对话的最好方式。在陌生的环境里，让那个陌生的自己从最隐秘的地方跳出来，主宰身体。习惯胆怯的可以试着勇敢，习惯躁动的可以试着安静，习惯沉默的可以试着倾诉……旅途中最过瘾的事情就是可以尽情撒野，不在乎去哪里，不在乎去多久。那个地方，只需要容纳一颗小小的、放肆的心，就可以是天堂。

选择做一名满世界游走的旅游卫视主持人，就是为了安放我这一颗四处有梦而栖的心。在工作上我有很多角色：演员、话剧导演、旅游卫视女主播。前者都是让我去编织别人的故事，而最后一个角色才能让我在工作中真正做回自己，让自己在旅途中回归自我。

在旅游卫视的第一次外景，是一个鲜少有旅行者到达的土地——北非秘境：苏丹。我自然是毫不犹豫地接受了这个任务，带着兴奋和紧张，查阅了大量有关苏丹的资料，最早的金字塔、热带雨林、荒蛮沙漠、长颈族甚至食人部落……一切的一切，都刺激着我的肾上腺素。甚至办理非同寻常的签证手续——国际健康医疗证，

都让我因新奇而欣欣然。制片人出发前反复交代叮嘱，试图平复我莫须有的"紧张"情绪，而他并不知道，面前这个毛胆丫头，心早就飞到苏丹去了。以中国旅行者的身份第一次进入苏丹，并给观众带去精彩节目，揭开北非秘境的神秘面纱，这是多么新奇又有意义的旅程！

2009年3月的某个清晨，我们抵达了苏丹首府——喀土穆。一下飞机，滚滚热浪就扑面而来。我们坐着一辆破旧的小巴车，拉着还来不及放到落脚处的行李穿过黄黄的城市街道，准备去拍摄我们的第一站——鱼市场，车窗外有满街跑的大白袍子当地人，和时不时擦肩而过的实枪荷弹装甲车。当时的达尔富尔问题已经剑拔弩张，也是因为达尔富尔战乱，苏丹的南部，我最向往的有着各种原始部落的大雨林，我们无缘到访，整个行程完全改变。

由于经验不足，第一天的拍摄完成，我才发现脸上的皮肤已经被严重晒伤。但是心里那个无畏的少女还是不想错过苏丹的一分一厘。于是在节目

苏丹儿童，微笑援助

里，你可以看到因为涂了太多防晒霜而脸上红一道白一道的我仍然"贪婪"地逛着黄金市场；可以看到为了不戴墨镜的我钻到渔民家里用彼此都不太懂的语言热情聊天；可以看到我被一堆可爱的黑人小姑娘围着扎非洲小辫儿；可以看到苏丹港的渔民把一个晒干的鲨鱼嘴骨快速套上瞠目结舌的我的脖子；可以看到在沙漠腹地残旧金字塔前，我和一群刚结识的当地伙伴们用简陋破旧的古老弦琴伴奏纵情高歌……这些没有经过设计的独一无二的经历，让我感受到了一个真实又有血有肉的苏丹。

穿越苏丹北部大沙漠的那天，我们遇到了沙尘暴。向导说，他长到三十岁，也没有见过这么大的沙尘暴。越野车开着的远光灯就像被吸进了黑洞，能见度不足一米。幸好沙漠没有路，沙漠上也没有车，我们就凭着一个指南针和向导的经验向前缓缓摸索。一开始大家还互相讲着笑话打气，但随着夜色越来越深，向导的脸色越来越凝重，我们意识到应该是迷路了。司机也不敢停车，怕沙子会把车埋住，只得继续前进。大家都沉默而小心地紧

盯着什么也看不见的前方，心里把阿拉真主各路神仙打扰了个遍。我也隔着把自己罩起来的围巾眼睛一眨不眨地盯着窗外的黑暗，沙粒呼呼地拍打着车窗，前赴后继地重复着单调的节奏，我隐隐感觉有些沙粒被吹进了车里。我就僵在车座上，不敢动，更不敢闭眼，于是开始哼歌，没想到哼完一首，伙伴们开始纷纷点歌，气氛一下子高涨起来，让人忘记了身处险境。而就在大家没心没肺的歌声里，我们同时看到了突然近在咫尺的灯光——一家沙漠旅馆。停车的那一刻，车里爆发出巨大的欢呼声。推开车门的一刻，大家才发现车里已经堆积了大量沙砾，甚至已经都埋到了我的脚踝部位。当时的心情，怕是没有办法用文字表达给你。那个晚上，没有水洗手洗脸，我们和衣躺在土床厚厚的沙上，心有余悸地聊起刚才各自的心怀鬼胎，竟真切地感觉到了某种实实在在的幸福。

就这样，短短 10 天，我对物质的欲望降到最低，不再热切期望舒适的酒店，不再心心念念洗一个热水澡，不再执着于美味可口的食物，不再矫情

地每天调一杯蜂蜜奶茶……原来没有这些，我仍然可以在各种新鲜的旅途中，找到更纯粹的快乐。也许人的要求本就是如此简单，有水，有食物，心中怀着下一个目的地，就能幸福地行走。

这次旅程，是我迄今所有行走生涯中，最极端最辛苦的一次。它差点儿让我打了退堂鼓，不再想当旅游节目主持人，不再带观众去感受"世界真奇妙"。但它也是记忆最深刻的一次，因为它打开了我对旅行意义的真正感受。

感谢苏丹，尽管，我知道不会再去第二次。

有一个承诺，我留在了亚马孙

杨正龙，主持人。2014 年加入旅游卫视。主持《我是探路者》《超级旅行团》等节目。曾获中国电视艺术家协会最佳主持人奖。

／在人的一生中，有很多敢想的不敢想的，还有很多承诺，都会在不经意的某一天成为事实，或者被永远埋藏。

去亚马孙之前，对那个地方是有幻想的，因着早年间看过相关的纪录片，让我对那种原始的崇拜、生命的神秘都抱有一种饥渴般的迷恋。

当我到达秘鲁的北部城市伊基托斯——亚马孙河的入口，已经是凌晨，只有破败的建筑、潮热的风和街头夜店昏暗的红色灯光在迎接我。夜店里正播放着非常有节奏感的南美音乐，门口倒着一辆摩托车，旁边几个年轻人聚集在一起，抽烟，吸大麻，手自然地搭在女孩儿的屁股上，时不时地往街道上看，路过时，他会盯着你，直到把你看得手脚冰凉、毛孔微张。在这里，毒品、暴力和性是必需品，特别是晚上，这个城市的夜晚没有灯，伸手不见五指。当地朋友告诉我，很多人手里都有枪，你不会意外，在这样的夜晚随时都有可能发生枪杀，悄无声息的那种。

在伊基托斯的这个夜晚让我不寒而栗，第二天一早我们就乘船前往亚马孙了。那个码头直到现在我都不敢相信他们居然叫它码头。我们穿过泥泞的小路，踩着牛羊鸡鸭的粪便，路过几条堆满垃圾的水沟，脚尖悬空踉踉跄跄地走过臭气熏天的垃圾堆，看到我们的小船安静地停在那里，与世无争的样子。

我们随着窄窄黄黄的河道顺流而下，水中不时泛着腐臭的气味，食人鱼安静地潜伏在静谧的水下，在更深的水底还有更多不为人知的秘密。本来很期待看到动画片里那种硕大的金刚鹦鹉，结果当向导让我抬头看时，我分明看到的是几只黑色的蚂蚁般大小的虫子在天空飞奔着划出几条曲线。我看着天空中的曲线纠缠在一起，就好像此刻的我的心情,惊和喜交织成结。

远处传来一阵热闹的音乐，我们在河道的一侧看到了炊烟，小船缓缓靠岸，即是到了亚马孙河岸边的一个印第安人部落了。他们正在庆祝建村50周年，整整狂欢了一周。村长醉醺醺地出来迎接我们，顺手给了我一杯黏黏的白色的酒，我捏着鼻子一饮而尽，

然后背过去做鬼脸。村子里有一对特别可爱的兄妹，脏脏的小手在胸前搓个不停，眼睛大大的，眼神里仿佛聚集了赤道里的所有阳光，看得人心里暖暖的。自从我进了村子，他们俩就一直跟着我，一刻也不离，好像我是他们的远房哥哥。妹妹一直对着我笑，哥哥反倒有点不好意思，他们俩的眼神纯净到让我想把全世界最好的东西都给他们，自是无法拒绝亲昵，只有一直牵着他们到处闲逛。

印第安人为了庆祝这个节日，每家每户都不用自己做饭，一群妇女正在忙碌着准备整个村子的午饭。她们在一个巨大的草地上挖几个洞，把燃烧过的柴火放在洞里，再把一大锅米饭混着土豆放在柴火上，然后用芭蕉叶盖起来，再用土把洞填平，就可以等待这顿丰盛的大餐了。

等餐的时候，哥哥带我参观了他的小教室，给我看他的画，妹妹则在旁边跟着，一句话也不说，只是笑。一路上，两只小手都紧紧地握着我，有时候我抓痒松开一会儿，可手一放下，他们就又立刻握住，就好像有个大力胶把我们紧紧地黏在了一起，于是在旁人的眼里，我很自然地成为了这两个印第安小朋友的哥哥。我和这对小兄妹在村子里相处了三天，和他们一起踢球、吃饭、坐在河边发呆，看对面郁郁葱葱的亚马孙森林，听哥哥和妹妹之间的密语。我们几乎没有交流，但好像一个眼神就能通晓彼此的心意。

我们生长在不同的国度，拥有不同的语言，来自不同的社会，甚至不在同等的文明程度上，可我们在荒野中相遇，跨越半个地球邂逅，一个眼神、一个表情就能了解彼此的心意，真是一次神奇的缘分。

在村里生活的几天，除了这对兄妹，我发现村里的其他人也都开心得很，男人唱歌跳舞，女人坐在地上说说笑笑，小孩四处奔跑……他们不赶着去哪里，也不着急获得什么，不忙着和这个世界交换自己，不想着去征服谁，安心生活在这片并不富裕的土地。从某种程度上来讲，文明世界和他们没关系，那种从土地上长出来的自由刻在他们的生命里，谁也抢不走，什么东西也换不去。连旁边的鸡鸭也自由得很，活蹦乱跳地和人们一起舞蹈，打鸣的声音在河对岸都能听得到。草也野蛮地生长，张牙舞爪，连河里的鱼都要长出牙齿宣告自由。我很羡慕他们，他们可以随时歌唱出那么美那么自由的声音。

走的时候我告诉哥哥和妹妹，我明天就要飞回中国了。哥哥问："你还会再来吗？"我不假思索地告诉他："一定会来，你要等我哦。"说完把身上的户外头巾套在了他的脖子上，坐着小船慢慢地离开了村子。兄妹两一直在河边和我招手告别，其他人都走了，他们还一直在，直到我消失在亚马孙河的尽头。

那个画面一直在我的脑海里，从未遗忘。两年多的时间过去了，我回到了文明世界，在这个有规则的地方重复地工作和生活，习惯性地忘记和冷漠，在惊涛骇浪的生活里侥幸生存，想起那个留在亚马孙的承诺，至今未果，可惜了。

大牌驾到

Q&A

最本真：
旅行并非千篇一律

李静，主持人、制作人、企业家。主持的《超级访问》《非常静距离》等节目可谓家喻户晓，以其特立独行、率真、俏皮的主持风格而被广大观众所熟知，名列 2011 年福布斯中国名人榜第 57 位。曾与旅游卫视共同制作人气美妆节目《美丽俏佳人》。

· 最享受的旅行状态是什么样？

减少购物的预算，却舍得花钱去享受好的交通和住宿条件，并且有好的地陪能全程带着"逛吃逛吃"。

· 会选择独自旅行吗？

我是群居动物，漫长的旅途一定得有家人或是要好的朋友一起愉快地边走边聊。

· 亲朋好友组团一起去旅行？

对，但是人数也不能太多，我的旅行亲友团既不能少于 2 个人，也不能超过 6 个人。能跟合得来的朋友一起旅游，会给自己留下美好的人生回忆！

· 尝试过穷游或者背包客的旅行方式吗？

旅行不是去模仿别人，旅行对我来说是一种放松，所以我觉得每个人都应该选择适合自己的旅行方式。

· 对旅行的看法发生过变化吗？

以前因为忙，生活节奏很快，所以总觉得旅行是奢侈品；现在却觉得旅行真正是一种对自己的整理。

· 对你来说，旅行对生活最有益的方面是？

提供了一个和家人亲密相处的机会。

· 平时和家人相处的时间比较少吗？

虽然平时也和家人住在一起，但各有各的生活节奏，况且有些情感在日常的生活情境下是很难激发出来的。比如，之前我和女儿去马尔代夫，我们一起去浮潜的时候，当时我游得有点远，她就特别担心，大呼小叫着说"我妈妈跟鱼游走了"，特别紧张我，让我特别感动。

柯蓝，演员、主持人。1994年开始主持《音乐无限》，成为第一代亚洲 VJ，后参演过多部影视剧，还获得过环保总局"绿色中国年度人物"荣誉称号。曾主持旅游卫视《第一时尚》《BAZZAR 绝对时尚》等节目。

· 怎么定义时尚？

我从不认为时尚是穿衣戴帽的物质追求，时尚不应仅仅是消费，不应是名牌的堆砌，而应该是精神上的追求，是人们的所思所想。

· 旅行的时候最关注什么？

最想了解当地在发生些什么。为什么人们的脸上会有我看到的表情？当地的社会状况给国民带来了什么共同的生活特点？

· 特别想去的地方？

不丹，虽然它也在发生着变化，但是当地人的笑容和他们待人接物的态度，还是一直让我非常喜欢。

· 在旅游卫视印象最深刻的事？

记得曾经跟旅游卫视一起参与过一次捐赠活动，筹款去玉树种树。这个活动特别有意义，注重环保，尤其在今时今日看起来是至关重要的。

· 最大的心愿？

逃离雾霾。我们要更多地去关心这个地球。

最难忘：《勇闯南北极》之冰川探险

老狼，歌手。代表作《同桌的你》《睡在我上铺的兄弟》《流浪歌手的情人》等，荣获过多项音乐大奖。曾作为嘉宾参与过旅游卫视《勇闯南北极》《有多远走多远》等节目的录制，并为旅游卫视演唱了节目主题曲《有多远走多远》。

· 旅行最棒的部分？

可以让人放松身心、开阔视野，让你知道这个世界上还有不同的生活方式，有让人激动的、多姿多彩的风情。

· 印象最深刻的一次旅行？

我在旅游卫视客串主持过一个真人秀节目《勇闯南北极》，我们一起去了挪威最北边的斯瓦尔巴特群岛，并且共同在一个哈士奇探险小屋里生活了两周。

· 那里给了你什么样特别的感受？

那里的风景特别美，世界是黑白两色的，让人心里特别清净。

· 勇闯南北极的感受如何？很艰苦吗？

环境确实十分恶劣，不但面临着体能的挑战，还饱受严寒和饥饿的威胁，以及风暴等众多自然灾害的危险，还有不少凶猛动物。

· 有什么有趣的事吗？

印象很深刻的是，那里的北极熊受气候影响很难找到食物，急了就只能到城里和人类抢吃的，所以我们住的营地，大家要轮流站岗，防止北极熊的袭击。最后一天，轮到我值班，我就在外面溜达，特别想碰见北极熊，但很遗憾一直也没碰见。

·你去过全球很多国家和地区旅行，那你最喜欢的旅行状态是什么样的？

法国作家塞利纳写过一本《茫茫黑夜漫游》，描写了一种无目的漫游，这就是我特别崇拜的一种方式，包括生活、读书也是这样，没有目的性地去看，完全享乐式的就特别有趣。旅游也是，我一听别人说哪个地方有趣就立马奔那儿去了。

·旅行会给音乐创作带来灵感吗？

当你去看、去了解这个世界时，你的心胸就能够更加开阔，有了更多的想象力可以运用到创作上。

最惊艳：冷酷仙境冰岛

尚雯婕，歌手、电子唱作人。自 2006 年出道以来，发行了近 20 张音乐专辑，不仅获得过多项音乐大奖，同时也是一位风格百变的时尚女王。曾主持旅游卫视从海外引进版权的大型时尚真人秀节目《第一超模》。

· 旅行中有特殊的习惯吗？

我喜欢去居民区漫无目的地溜达，或者去乘坐当地的公共交通，观察当地人的生活，感受只属于那里的气氛。

· 旅行之前会事先作准备吗？

我习惯提前把当地的资料和经典的驴友游记全部查清楚。

· 每次都会这样吗？

对，我不想去了一个地方之后，不知道该去哪儿吃，不知道该去哪儿玩，更喜欢玩的时候心里有底的感觉。

· 近年来的旅行中印象深刻的地方？

冰岛。2013 年我们去那里拍了一支 MV。那里的自然风景实在让我太惊艳了。蓝天、冰原、极光、冰川，和谐宁静，万籁无声，像无形的诗、有形的画，每天都仿佛置身仙境。

· 最钟爱的城市？

伦敦。钟爱那里阴雨绵绵的气候，和忧郁的电子乐。

·心愿目的地？

埃及。法国人对古埃及的文化研究得很深入，我以前学法语的时候，很多视频和听力资料都是跟埃及相关的，所以我就对埃及很好奇，遗憾的是到现在还没有机会成行。

·旅行会给你带来创作上的灵感吗？

当然。旅行会打开思路和眼界，为你展现不同的生活方式，告诉你很多不同的观察角度。对于所有的艺术从业者来说，旅行都特别重要。

阿涩，主持人。2002 年加入旅游卫视，到访过全球 160 多个国家，曾主持或参与策划的有《有多远走多远》《大驾光临》等多种类型的节目；2005 年开始主创《世界游》，每年《环游世界 80 天》，造访《一生要去的地方》，探求《地球的故事》；2014 年，启动"走遍全世界"计划，将逐一完成深度探索和报道这星球上所有的 247 国家和地区。

序

"Hi there
俺是阿涩"

这是俺十五年来 一直没有变过的开场白
无论是初生牛犊的《酷车地带》
还是富有激情的《有多远走多远》
或是坚持最久的《世界游》

机缘巧合
2002 年的夏天 在旅游卫视成立之初
俺从一个与电视毫无干系的门外汉 半路出家
麻雀变凤凰般地 变成了一名镜头前的主持人
从此开始了 阿涩的人生之旅
十五年来 历久弥新

一路走来 不忘初心
俺还是喜欢 那些在路上的日子
俺还是热爱 读书 行路和传播

一

人们说

俺是幸运的

能够借助传播的翅膀 环游世界

的确如此

从加入旅游卫视前 只游历了不到 60 个地方

到今天 已经造访了这个星球上 160 多个国家和地区

这期间 真可谓是

五大洋里游过泳 七大洲上飙过车

勇闯南北极 绕着地球跑的那一种逍遥

领略 不一样的风景

品尝 不一样的美食

结识 不一样的人

都已成为俺的回顾 回味和回忆

必须说

俺是幸运的

虽有徐霞客 足迹省市二十余

前有唐三藏 取经远行至天竺

上下五千年 却没有一位国人同胞

凭有这样的太平盛世 能够有机会走遍全世界

前年 亚洲 48 国 俺走遍了 45 个

去年 美洲 43 国 俺走遍了 38 个

今年 走遍大洋洲

加油 俺在努力完成中

俺知道 走遍全世界 这件事听上去有些无聊

如同俺第一次去卢浮宫

对照着馆藏图册 看过后一一打勾 是一样的

可是 这地球上已有超过 2000 人 游历了百国以上

而且 已有 20 人走遍了全世界

只是 其中没有 1 位中国人

俺知道 走遍全世界 这件事看上去很自我

就像许多人会收藏字画 珠宝 或是古董家私

俺却立志收藏国家 成为一位 "国家收藏者"

是的 走遍全世界所有的国家和地区

届时 俺会收藏齐全

247 places

是的

还有很多的地方 要去

而且大多是一些巴掌大的 闻所未闻的

也许只能每 4 年的奥运会入场式 才可以听到的国家

名字

是的

还有很多的书 要看

要对目的地做尽可能详尽的功课

到达后 才可能充分地体验和进一步地探索

再借助以往的经验 进行辨识和思考

最终 将梳理好的内容 呈现给观众

这才符合一个旅游卫视主持人的自我修养

二

创造　源于热爱

凭借这份内在的冲动和激情　制作节目已 15 年了

也曾追求过　唯美的摆拍

也曾笃信过　真实的记录

终于学会了　从心而发　自然流露　就好

重要的是

俺的旅游　对别人有什么用

俺的节目　让观众得到了什么

也许　答案有如那一句

画面　将俺们带入了情感

而情感　将俺们引入了思考

启发人们的思考

带着问题去旅行

若能做到这些　那是求之不得的褒奖

但　如果单单是

拓展了视野　满足了好奇　增长了知识

那已是不错的内容

毕竟　旅游不是旅行

不是仅仅完成从甲地到乙地的空间位移

这其中所历经的　各式各样的感觉、感触和感情

才是用来填满了时间刻度的种种乐趣

借一句歌德的话

"Tour is a travel for pleasure."

这已是完美的表达

为此　俺珍惜每一次外拍的机会

不敢造次

谨言慎行 牢记那句犹太人的警言

对于一个菜虫来说 菜花就是它的全部世界

从此 不敢蹲坐井底

刻骨铭心 自己的有所感悟

深知 驴 走得再远 也还是一头驴

为此 在路上 勤于发现 敏于感受

真的 俺的旅游 不是走马观花

只因 那一句

行 成于思 毁于随

三 屈指一算 在旅游卫视已经 15 年了

其间 俺又游历了 110 国 可谓是收获满满

从一名旅者 进阶到一位旅游记者

从当初 仅仅是为了满足一己之需的背包客

到如今 可以借用专业的影视语言

输出内容 传播思想

而这一切

都是从对旅游的热爱 开始的

是的

有如 旅游卫视的那一句

行走 改变命运

至今 每天被巨大的好奇吸引着

每天 跑东跑西

但 仅仅有热爱 是不够的

你还要让它持续着 才可以乐此不疲

有了持续的热爱 也是不够

你还要有发现的责任

有了这二者 还是不够

你还要有 专业的传播

忘了说

travel 一词 还有传播的意思

四　　旅游卫视 15 岁了

算来 《世界游》栏目也已有 12 年了

躲在小屋子里 录制解说、编辑样片的情景

仿佛 就发生在昨天夜里

从《人生之旅》到《地球的故事》

从《一生要去的地方》再到《走遍全世界》

每一次外拍 每一期文稿 每一次审片

好像 同仁们一直都在

那位连英语都不顺溜却独自被丢在西班牙语里的录

音师 你还好吗

那位在古巴病倒的摄像师 肾还好吗

那位在约旦被急救输液的女制片 娃还好吗

那位孤独面对聚众围攻的主编 近况如何

俺知道 电视是一个 Team Work

也明白 天下没有不散的筵席

更感恩 那段曾经一起走过的日子

五

当 环游世界就是俺的工作

多 为人所羡慕

但 少有人知

长期在外拍摄节目 旅行成为常态

也影响了俺对一些事情的看法

比如 聚散

刚刚熟悉一个地方 就要离开它

起初的些许惋惜 会被无奈慢慢调校

直至习以为常

好在还有下一个新奇的目的地 在远方

为此 每当有人问 哪里是之最

不假思索 自然回应

The Next

这不是狡黠 也不是故弄玄虚

更不是漠然

相反 在路上

俺更加能体会一蹴而就的机缘

和擦肩而过的难能可贵

每每都会 为所采访的一位位古稀耄耋

而暗自唏嘘

因为知道 此生仅此一面之交

而 TA 却那么真诚以待

那份坦诚 那份朴素 还有那份慈祥

有如一束光火 暖着你

如此这般的 亲切

还有路上遇到的孩子们

也许一直成熟不起来的俺

好像与孩子们之间 总是可以很快地建立感情

哪怕短暂 却难忘

难忘每一双明澈的眼神

难忘每一次拥车相送的欢呼

更难忘 那一次哇哇大哭的依依不舍

天啊 那个土著小男孩 哭得那么伤心

有时候 真想有机会再去看看他

却又怕得来一句"你是谁"的尴尬

也许 只有回忆才是美好的

而且 只有回忆才是自己的

毕竟 Your memory is you

六　在旅游卫视 15 年来

平均每年有一半的时间 在世界各地采访

跨洲飞行和时差 是俺面对的现实 更是挑战

航班 晚点 延误 取消

是必须接受的现实

气流 颠簸 身边旅客的大呼小叫

是不愿遭遇的场景

可以强作镇定 但是加快的心跳

变得急促的呼吸

都已经露出了紧张的马脚

更别说 那些不为人知的 手心里渗出的汗

不过

从无法抗拒的恐惧

到从容以对的坦然

也是发生在俺身上的转变

俺已学会 把每一天都当作生命里的最后一天

俺已懂得珍惜 Take the moment

一旦发现了错误 总会第一时间去面对 承认和道歉

俺知道 这是出于一种自私

只是不想 留下任何遗憾

时差 真是一个有趣的现象

同在一个星球 你醒了 俺在睡

同是一个太阳 照到了你 俺却在黑暗中 聆听着星星

眨眼睛的声音

想起了那一部老电影 《鹰狼传奇》

讲述的是相恋的情人被施了魔法

一个是白天在空中翱翔的雄鹰

一个是夜晚在林中出没的母狼

那一句：梦里 换个地方等祢

用在这个故事上

会不会显得 有些伤感

七　云游二十载

一百六十多个国家和地区

入境 出关

出境　入关

已经数不清　填写过多少份表单

也不记得　被盘问和检查过多少次

之前来过吗

为什么来

有确认的离港机票吗

人们常说　出门靠朋友

实际上　对于俺这个仅仅是因为好奇　就想走遍全世界的人来说

朋友靠出门　才是真的

俺的社交网站上　满是俺在世界各地的司机、导游、采访对象以及路遇结识的各国朋友

相反　在国内

因为　时间和精力多花在行程和目的地功课上

没了混圈子交友的机会

不过　俺喜欢这样　很是清净

就如同在邮轮上的晚餐订位

俺都会强调：一个人坐　不想与人拼桌

免得被同桌的你　这位老太或那位老爷子

问来问去　也不过就是那三个同样的题目

一、从哪里来

二、为什么坐这个邮轮

三、怎么会一个人旅行

八 | Solo Travel

这是一条少有人走的路

俺享受着

一个人转场 飞机 火车 游轮

一个人拍摄 采访 现场解说

一个人整理资料 写稿 配音

也享受着

每天各种充电 备份所有外拍素材

直播旅程的时候 还会每晚守候着网络传输

即使 只有每秒钟几 K 的速度

都是一种开心

总爱说 人们看到的只是结果

没错 俺是阿涩

但 阿涩已不是俺

阿涩是工作室的作品

已成为频道的一个符号

俺那些看似轻松的独自旅行

其实 都是得益于大本营团队 @ 阿涩工作室 不懈努

力的结果

从行程规划、资料收集、预案备选

到线路采买、外拍管控、紧急应对

多年来 这部引擎 磨合良好 动力充沛

15 年来 正是这部引擎不断输出的强大功率

带动着俺 造访了 110 个国家

也将继续 带俺

走遍全世界

九　　按计划

今年 走遍大洋洲20国

明年 欧洲

后年 非洲

若问 为什么要走遍全世界

都说 人生只有一次

俺想 看清世界 参透人生

俺想 为相同的生命 作出不同的诠释

人说 诗人是人类的孩子

俺说 旅者是世界的孩子

为此

俺还年青

渴望

在路上

写于飞往下一站的云端

壮观、刺激、美味、享受

你必定在屏幕前感叹，羡慕着我们活得自在

为我们亲身经历而你不曾体验到的那些确有其事而蠢蠢欲动

但那些精彩旅行的背后

其实也有不为人知的艰难、心酸与成长

可我们有志旅行 乐于分享

我们始终抱有对生命无穷的热情与尊重

跟我们一起出发吧

也许不是每个人的路途都一帆风顺

也不是所有的人都会抵达终点

但看过的风景、爱过的记忆就是旅行最好的礼物

你所羡慕的,和你所不知道的

《行者》：
你我皆行者

梁子

旅行家，2004 年起与旅游卫视《行者》栏目合作。她是中国第一位深入非洲部落进行人文调查的女摄影师，前后8 次只身探访非洲，把自己扔进当地人的生活，拍摄到他们真挚而不设防的表情。

/ 2003 年年底，我接到时任旅游卫视《行者》主编刘航的邮件，希望我能与他们刚开办的栏目合作，因着莫名的信任，我欣然应允。从那时起，我与旅游卫视亲如家人。

我与《行者》相伴 14 年，共同孕育出无数个有血有肉的"生命"。《非是他乡》《恒河故事》《非洲十年》《恒河边的意大利人》《掀开神秘的面纱》《阿富汗十年》等等。14 年来，数不清的出发归来、镜前幕后、挑灯熬夜。每一个"新生命"的诞生对我们来说都是一场新的战役。

2004 年初夏，我第一次录制《行者》，时光流逝多少年，那天的情景却清晰如昨。

"梁子，明天录节目，咱们后海××酒吧见！"接到刘航的电话，我很纳闷，咱没什么见不得人的事，为何不在电视台演播室里录像？第二天我如约到达，眼前出现的是两个人、一台DV、一个脚架、两盏灯。如此简陋的设备，令我有些失望。

"节目组只有你和这个女孩儿？"我心想，就这么两个人，一杆枪，能做出什么好节目？刘航看我眼拙，连忙解释："他叫潇峰，是《行者》的编导，人家可是纯爷们儿。"我很不好意思地与留着马尾辫、眉目清秀的潇峰握了握手。于是，我们在后海的酒吧里选背景、架机器、打灯光，没主持人，也没化妆，开始了我人生的第一次直面镜头，全程语无伦次地说着我在非洲经历的事情。

两天后再次接到刘航电话："明天去圆明园××酒吧，咱们接着录。"这次，我们改在酒吧外的庭院，背景特

113

意选了一棵大树。第二次录像，我更进入状态了，聊着我挚爱的非洲，兴奋得唾沫星子四溅，一口气侃了四个多小时，拦都拦不住，虽然已经口干舌燥，也完全不觉得累。谁知当晚，又接到刘航电话，他期期艾艾地说："梁子，实在抱歉，那树上……知了叫声太大，咱的录像……没法用，只好麻烦你……重录。"我："……"第二天，我早早开车去了颐和园，本想找个僻静的地方，未曾想，颐和园的知了比圆明园的叫声更猛烈，更肆无忌惮。

那段时间，但凡在旅游卫视讲述过旅行故事的行者们，都对"打游击"式的录制方式习以为常，人们出发、归来、录像，待播出之后，哥姐们儿十分愉快地整一桌小酒嗨起来，畅想着下一站的旅行目的地。记不清"打游击"持续了多久，又转成了"都市巷战"，从 SOHO 城的写字间，到凤凰城的办公室。再后来，很长一段时间，《行者》都是在旅游卫视的小会议室录制。常有朋友提出想要参观我们的录制，我当然一百个拒绝："不行！不行！旅游卫视演播室有规定，

不许外人进入。"这种虚荣的谎言，全当维护电视台的面子吧。

如今，旅游卫视早已有了自己的演播室，"打游击"的日子再也不复返了。但就是在这艰苦起家的 15 年间，《行者》出品了太多深入人心的好作品，《全莉救虎》《搭车去柏林》《跑步回中国》《去你的亚马逊》《金三角十年》，包括我的《非洲十年》等等，让观众看到更广阔的世界，也永远留存在我们内心深处。

这些年，也有许多优秀的行者伴着旅游卫视共同成长，如果说，15 岁的少年还略显稚嫩，下一个 15 年，旅游卫视终将成为风度翩翩、富有智慧、魅力十足的成熟汉子。愿更多"新生命"在旅游卫视这片土地上茁壮成长！

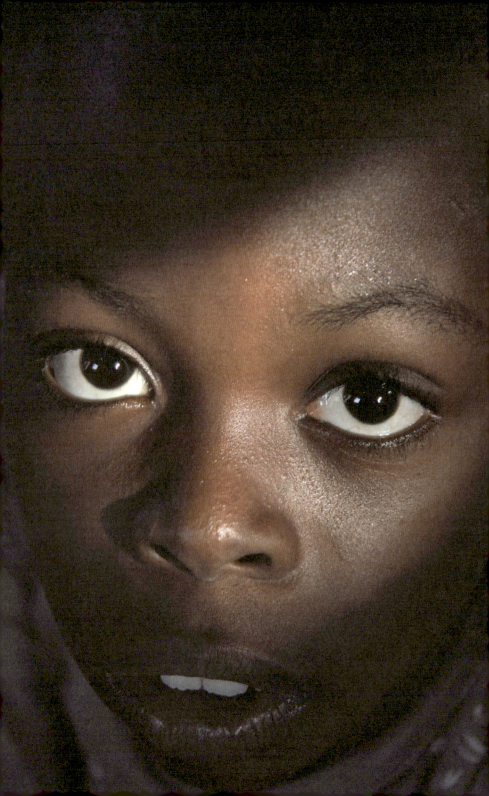

梁子 作品   行者 出品

十年 究竟能走多远

2011 The Walker
2011 行者出品

梁子非洲十年
I Love Africa

十年的持续关注 · 十年的专注记录 · 十年的并肩前行

沧流卫视

制作人 张敏   监制 韩国辉 刘航   出品人 王平   合作伙伴   UCCA 新浪微博 t.sina.com.cn   YOUKU 优酷

美好的回忆从不褪色

萧炜，麦田守望者乐队主唱。2006 年起与旅游卫视合作
录制《行者》栏目环保专题片《森林守望者》等节目。

/一切从《行者》开始，一切从森林开始。

2006 年，我这个"麦田守望者"成了"森林守望者"，带着巴布亚新几内亚的故事来到《行者》，讲述亚太地区这仅存的一片雨林之中，所有美好与威胁、感动与担忧。那是北京东三环边儿上的一个小会客室，简单的灯光与布景，标清的摄像机，朋友聊天似的开始，温暖的气氛，开心的笑容……一切都再自然不过。节目里唱过 Green，唱过大象歌，女儿也曾一起出镜，那时候她还是小小小朋友，现在已少女初成。

2006 《行者·守护伊甸园》

2010 《行者·森林守望者》

2010 《有多远走多远·冲绳亲子游》

2010 《绿色影响力》

2010 《畅游北京·门头沟甜蜜之旅》

2011 《行者·真象》

2011 《有多远走多远·双城记》

2014 我的作品《川河之灵》获得"行者影像节"金帧奖——"最佳自然影片"

每一个时间点就是一个个刻度，刻在我们选择的生活里。应邀给旅游卫视 15 周年、给《行者》写点什么，脑海像过电影一般，过往的一幕幕情景源源不断浮现，太多话要说，却又无从写起……如今的电视屏幕越来越大，但再大也大不过世界。传达者更为重要，内容永远胜于形式，我知道你们满足的不仅仅是"有点儿意思"，而已。

旅游卫视让我认识了很多朋友，无论是行者的小院儿，还是颁奖典礼的红毯，无论是说森林、讲大象，还是一起在加拿大遭遇捉三文鱼的黑熊，和喜欢的朋友们在一起，共同经历这些镜头前后的故事，还有什么比这更带劲的吗？

我是幸运的。谢谢！但相爱的人本无须相互感谢。

森林
守望者
*Rainforest
Guardian*

假如世界失去了音乐
假如世界失去了森林
音乐是一种信仰 绿色也是——萧玮

0年度第 3 部作品

视 4.22 全球首映

/刘航///监制/韩国辉///出品人/王平

牛/ WOLVERINE YOU领

梦野 《行家》杂志主编、PPTV旅游频道主编、环球背包族，
2008 年加入旅游卫视《行者》栏目并主创了多部纪录片。他的足
迹遍及全球 150 多个国家和地区，出版了《心在遥远》旅游系列
丛书，参与拍摄多部全球旅行探险专题片。

／这一生中，也许每个人都会碰到对你影响巨大的一个人，或是一件事。自 1999 年我开始自费环球旅行，2008 年走入旅游卫视《行者》栏目成为了我环球旅行的一个关键转折点。而从 2010 年开始，我主创的《行者》节目《去你的部落》系列纪录片，更使我的环球旅行有了一个质的改变。

1999 到 2008 年，我的旅行目标还停留在追求旅行地区数量上的递增，沉浸在每次旅途归来在地图上标记一个又一个走过的足迹。通过《行者》进入电视媒体行业之后，我开始专注于"内容"，开始专注于如何在有限的时间里表达出自己想要讲述的事件和感知，开始为了一个内容花费很长时间去等待最好的画面和最有说服力的镜头。所以，2008 年进入《行者》栏目到 2010 年这一个阶段，我认为自己的环球旅行开始加入了"组织"，我开始有了明确的方向。

2010 年是我环球旅行真正发生改变的一年，感谢《行者》栏目组的刘航和张敏，正是他们引导我思考如何把

内容做得更宽广更有深度。深思熟虑后，我决定围绕古印加帝国的历史走遍秘鲁，并做了一个系列节目《秘鲁探秘》。这是我第一次，在旅行中以厚重的历史为背景，表达对历史的认知。在秘鲁，我们把所有与古印加帝国历史有关的遗迹从南到北走了一遍，自此我开始沉浸于有前因后果有来龙去脉的故事，兴奋于自己开始不断挖掘故事内容并由此不断产生的求知欲，开始热衷于讲述一个完整的历史故事与大家分享。

用双脚丈量地球

虽然《秘鲁探秘》不能与随后《去你的部落》大系列相提并论，但是我相信，没有《秘鲁探秘》迈开的一小步，就没有后面《去你的部落》迈开的一大步。恰恰是因为《秘鲁探秘》，我和制片人刘砚擦出了默契的火花，我们在五年内共同创作了《去你的亚马逊》《去你的巴布亚》《去你的北极圈》《去你的撒哈拉》等6季共50集"去你的部落"系列纪录片。合作期间，无论是漫长的拍摄，还是磨人的后期剪辑，我们无时无刻都在讨论节目。我们一起创作内容，一起商量镜头的表现力度，让我学到了很多电视节目制作的核心思想与创作技巧，学到了如何在旅行故事中挖掘闪光点，如何剖析旅行的见闻与我个人的感悟。我们互相学习共同进步，成为了最佳拍档。现在，我已经可以对纪录片的创作和预算把控得游刃有余。在环球旅行之外我又掌握了电视行业的技能，让我一直从内心里感谢《行者》栏目，感谢旅游卫视。

《去你的部落》大系列节目是我环球旅行中耗费精力最大的旅行，同时也收获最大。我们走遍了世界最偏远的地区、走完了亚马孙河，走遍了亚马孙丛林的各个部落，跨越了不同的地理环境、纬度、地貌、气候、人文、终于在艰苦的跋涉中，在快乐与痛苦之中，在纠结的骂骂咧咧之中拍摄完成了《去你的部落》六季纪录片。我的人生也终于完成了一个值得珍藏的印迹。

每次在与一些媒体朋友聊到旅游节目，大家都对《行者》有着甚好的评价。开播这么多年，《行者》没有受到潮流的影响，奉行严肃认真的态度，不哗众取宠，不为他人的改变而改变，不忘初心地坚持着自己的价值观，一如既往地走到今天，成为一股清流。从而也一直影响着我这么多年不断去继续探索和追求。我为自己是《行者》的一员感到自豪，并衷心祝愿《行者》拍出更多更好的节目，为人们的旅行生活，为人们探索世界，建立一个标杆性的专业交流平台。

眭澔平

身兼记者、作家、歌手、主持人数职，曾游历过全世界 200 多个国家地区。2009 年旅游卫视《行者》节目特别邀请他录制了《禁地密码》等系列节目。

／自助旅行拍摄记录环游全世界整整三十年来，近十年前和旅游卫视的结缘可以说是当中一个重要的关键时刻。

旅行是不分年龄、职业、性别、生活与文化背景的活动，跟每个人都有关。因此，能够如此无远弗届，让更多的人看到我的世界旅行记录，并且鼓励更多的人跟随着行者的脚步，诚属不易。至今我个人已经以累计超过六千小时的创作视频作为基础，带着大家一同走进了地球村里的每一个角落。那里有我和当地人、事、物深刻的情感交流，那里更有一个又一个虽然平凡却能激起我们共鸣或思考的真实旅行故事。

最近接到一位观众朋友的来信，恰巧为我在旅游卫视《行者》栏目里近十年来播出的节目作了一个相当有意义的脚注。在我的官方微博里，这位署名为艾颖捷的观众写道："我三年级就在旅游卫视看到你的节目，那时候觉得你超级了不起。在旅游还不是每家每户都可以参与的时候，你却只身一人去了食人族部落，而且了解到食

人族部落早就摒弃了吃人的恶习。我真的超级欣赏你的勇气。我的梦想和旅游着的人们一样：就是环游世界，但不是游遍那些灯红酒绿，而是那些鸟语花香。"

看了这位观众的信，我终于了解旅行应该不仅仅是为了自己。环游世界的同时，既拓展了自我人生的框架藩篱、开创了个人生命更为宽广的境界

视野；更可贵的是，能够传达和分享一种尊重不同生命价值意义的观念和态度，进而激励人们走出去，从不同的角度欣赏我们的世界。

2007年，我的系列电视纪录片《睦濿平禁地解码》播出，回顾当时录制节目的过程，可能也创下当时最独特的一次纪录吧！从食人族、南极企鹅、亚马孙热带雨林的土著和动物、非洲部落巡礼、喜马拉雅山区的庶民生活、百慕大海底潜水、埃及和玛雅金字塔、到麦田怪圈、纳兹卡线条、马丘比丘、复活节岛巨石像等神秘古文明与未解之谜，涵盖了全世界五大洲到南北极，地理的范围相当广；内容从人、动物到自然景观、民族文化无所不包。十年过去了，现在我的旅行拍摄纪录已经超过200个国家地区，又拍摄了数千小时的视频影片，希望能够鼓励更

多的朋友，不分年龄、性别、职业与地域，一起走向世界，走出我们中国人立基神州大地、面向天下寰宇的开阔胸襟气度。

《行者》节目在全球深度的旅行，经由网络和屏幕传送到每一个家庭，每一个个体。我们一定要持续保有丰沛的热情，在更多元的交流中，传递启发人文精神的生命正能量和见微知著的细腻感怀。传播人跟旅行者一样，都必须抱有对生命无穷的热情与尊重，我们有志旅行并乐于分享的行者朋友们，一定要无处不学习，时时自我充实成长，一定要"诚以待人，乐在交流，勇于探索，勤能记录"，四者缺一不可。我们都当共勉，继续制作更优质的旅游节目，在旅游卫视中分享世界开阔丰沛的正能量。

《有多远走多远》：像他们那样生活，你敢吗？

吴海娜 制片人。2006年加入旅游卫视。制作的《有多远走多远》是一档跨越全球、颠覆视觉的栏目，以数万小时捕捉的精彩画面，还原人们对于旅行的各种想象。

∕壮观、刺激、美味、享受，你必定在屏幕前感叹和羡慕着我们活得自在，为我们亲身经历而你不曾体验到的那些确有其事而蠢蠢欲动。但你有没有想过，也许那些精彩旅行的背后其实也有不为人知的秘密呢？希望在知道这些秘密之后，你仍然对加入我们的旅行有所期待。

用脚步丈量世界

/"用脚步丈量世界"，对于观众来说是一句略带诗意的口号，可对于首要任务不是看风景而是拍风景的我们来说，这就是身体力行的真实写照。

在瑞士拍摄《跟着老外回家乡》系列时，除了城市与城市之间依靠铁路转换，剩下的几乎都是摄制组依靠双脚完成的。日内瓦湖边、阿尔卑斯山间、古老小镇的石板路……回忆里有很多美好画面，也有走路走到双脚磨破的辛酸。为了拍摄，我们每天都在挑战自己走路的极限，却也仍然以乐观的心态去接受更多未知的困难。

在飞行了几个小时甚至十几个小时后，肩背手提各种拍摄器材和行李，抵达一个没有电梯，甚至"镶嵌"在丛林间的旅馆时，你会作出怎样的选择？别以为发生这种状况的几率很低，其实越是在那些风景撩人的地方，越是时常遇到这种"陷阱"。我们曾在澳大利亚的原始农场行走了一公里才到达居住的木屋；加拿大悬崖边的帐篷旅馆必须要当地向导带领，否则真会掉下深渊……每当面临这些情形，我们嘴里总念叨着把东西直接丢在路上算了，身体却诚实地扛着设备行李艰难前行。

除了需要应对双脚的疲惫，还需要做好没有干净衣服穿的心理准备。遇到连续几天早出晚归，再碰上必须长途移动的时间点，完全不用考虑怎么穿搭，有件干净衣服穿就算赚到了。尤其是十天以上的出差拍摄，镜头前光鲜亮丽的主持人背后，一定会有几个灰头土脸、不拘小节的导演和摄像，这也练就了我们出门前先要闻闻哪件衣服能穿的生活新技能。

那些不吃后悔、吃了崩溃的美食

/ 热爱美食的人不一定热爱旅行，但热爱旅行的人却都有颗吃货的心。观众在屏幕前总是看到我们在高档的米其林餐厅、阳光明媚的葡萄酒庄园或是气势恢宏的古堡里大快朵颐。但我们也会碰到令人惊悚的"精彩美食"，这些所谓的"精彩美食"往往只是当地人的味觉享受，精彩是观众们的视觉联想，而"不吃后悔、吃了崩溃"才是主持人真正的心声。

在拍摄《我在中国过大年》的时候，摄制团队前往贵州侗族地区，这里有一种过节才会享用的奇特美食叫"牛瘪火锅"——用牛的胃或小肠里还没有消化的食料做成的火锅——说得粗俗一点简直就是牛屎火锅。当地老乡面带陶醉地将脸贴近牛胃，然后深吸一口气，称赞这是侗族人最爱的味道，但对于远道而来的我们来说，这"最爱的味道"却是一道令人望而生畏的菜肴。

在越南拍摄期间，主持人丁丁咬牙吞下了油炸毒蜘蛛这道开胃菜后，又拿起了当晚的主菜——号称"黑暗料理之王"的鸭仔蛋，就是在壳内死去的带毛小鸭子。旁边的越南向导兴奋地说，这是补身体最好的食物，号称十全大补丸。当摄像大哥将镜头推向丁丁张开的大嘴时，现场没有人怀疑我们的主持人会拒绝这道被越南人称赞的特色食物，它也再一次刷新了《有多远走多远》的食物库。

所以说，有时候，没有分得一杯羹也未必是不幸！

大自然很美，却也很危险

/ 2012 年，我们驾驶吉普车，从三亚出发驶向海南中部的原始丛林，拍摄以生存和冒险为主题的系列节目《我爱大冒险》。《有多远走多远》的御用外籍主持人李牧兴奋不已，因为他刚刚在瑞士老家服完兵役，他认为服役时学到的生存技巧和救援知识一定能让他在节目中大显身手。

可惜理想和现实差距巨大，李牧虽然身手矫健，但敌不过不可预料的突发状况。导演和摄影师们虽然也有过多次户外露营体验，但真正进入到野外生存还是给他们带来不小的恐惧和不适。从十米高的瀑布速降，在无人生存的荒岛过夜，勇闯蝙蝠谷徒手爬岩壁……在极为原始和恶劣的环境下为了脱离困境去寻找和学习最原始的生存技能，摄制团队经受了无数磨难。

在海南的原始丛林，摄制团队向当地人学习如何在丛林中过夜，第一晚还算顺利，虽然没有完全适应，在野外睡得也不是很好，但大家的身体都没出什么状况。第二晚，一位摄影师出去上厕所，回来后直接钻到睡袋里睡觉，凌晨三点多，他痛苦的叫声把整个营地的人都吵醒了。大家闻声赶来，发现他的腿被巨大的蚂蟥狠狠地咬了一口，从膝盖到脚全都是血。蚂蟥虽

然没有太大危险性，但在热带丛林中生存，绝不能忽视这种微小生物带来的麻烦，一旦被咬过一次，接下来所有的蚂蟥都有可能钻进那个伤口继续吸血。这次有惊无险的小意外，对比之后拍摄遇到的困难，其实并不算什么。只是想借由一件小事，和大家分享，希望热爱旅行、热爱户外、热爱探险的你们不要盲目自信，大自然真的很美，但是没有足够的准备，处处都是危险！

像他们那样生活，你敢吗？

/了解世界上另外一个地方的人们如何生活，是《有多远走多远》栏目的初心和坚持。

2013 年，受到《我爱大冒险》的拍摄启发，我们决定去寻找世界各地即将消失的部落，跟他们一起生活一段时间，记录他们正在消失的文化传统。可以说这是迄今为止最艰辛、疯狂、有趣、充满挑战的一次拍摄体验。

我们通过各种方式和渠道打探了关于原始部落的信息，但很遗憾，真正还在保留原始生活方式的部落寥寥无几。很多部落都被当地政府统一迁至规划好的村庄，试图让他们踏入所谓的"文明社会"。几经寻找，我们决定去拍摄印尼丛林深处的 Mentawai 部落，他们正在经历这样的挑战，部落中的一部分人已经穿着现代的衣服，远离了曾经的家园，而一群巫师和老年人还坚持生活在丛林，当这些人都不在了，这个部落的文化也就将永远消失。

为了到达 Mentawai，我们的团队经过了 3 次转机、共计 11 个小时的飞行和 12 个小时的船行，到达岛上，进入了 Mentawai 的领域。而真正到达部落聚居地，唯一的交通工具就是一条小木头船，又经过了 4 个小时的船行和大半天的徒步，我们才开始慢慢接近他们。

原始丛林的道路非常泥泞，在行走的过程中，有时泥巴甚至没过膝盖，这样的路对于扛着摄影器材的摄制组来说真的是举步维艰。终于看到木房子时，大家都异常兴奋，几天的漂泊颠簸就是为了到达这个地方。

当你希望去了解一个群体、记录他们的文化，就一定要抱着入乡随俗的态度像他们那样生活。大家最初还有些不适应，但很快就习惯了这种自然的生活方式。我们参加他们为村民举行的葬礼，背着弓箭跟随他们去打猎，孩子们还会跟我们分享他们最爱的零食—— 一种肥肥的肉虫子。我们在镜头中展现的不是一个完全与世隔绝的部落，而是一群与自然共同生活的人，像是一个能看到我们人类祖先的窗口。

人永远是最深的风景，这也恰恰是旅行节目最有意义的部分吧。

与以往拍摄不同，迎接团队的并不是热情的招待，而是部落巫师审视的目光。向导和部落里的巫师沟通了很久，他们才愿意接纳我们的拍摄，但要求我们必须尊重他们的习俗。他们的第一个习俗就是不穿衣服，也不是完全不穿，而是穿上当地一种用树皮做的"衣服"，只能挡住身体的关键部位……

《鲁豫的礼物》：
爱的记忆是旅行最好的礼物

鲁 豫，主持人。主持有《鲁豫有约》《凤凰早班车》等众多知名节目，多年主持生涯中获得过无数业内重量级奖项、近期被评为 2016 年度"最具影响力电视操盘手"。与旅游卫视共同制作原创夫妻旅行真人秀节目《鲁豫的礼物》。

鲁豫说："我们期待天长地久，如果没能做到，是一件遗憾的事情，但这就是人生，只要我今天还爱着，我就会永远相信爱情、永远歌颂爱情。"

所以《鲁豫的礼物》是献给爱情、婚姻、幸福的礼物，也是献给明天、憧憬、希望的礼物，不论将来发生什么，当下满溢着爱与幸福的每一刻，都应该好好珍惜。

旅行和婚姻一样，不能保证每一个人的路途都一帆风顺，我们在行走中学习、成长、完善，不是所有的人都会抵达终点，但看过的风景、爱过的记忆就是旅行中最好的礼物。

关于爱情和婚姻，鲁豫这样说：

"从爱情到婚姻，不可避免地会经历从热情似火到平淡如水的过程。如何在漫长的岁月中，保持爱的温度，是一个没有标准答案的问题。"

"爱情里，我们要经历浪漫、责任、磨合、理解等不同的时期，交往中都会有各种各样的问题存在，我们总是喜欢看到对方身上的缺点，反而忘记了自我反省其实是消化缺点的最好方式。"

"没有十全十美的婚姻，也没有十全十美的伴侣。当我们学会主动去承认自己的不足时，就是在给婚姻一个承诺，给幸福一个肯定。"

制片组手记·尹俊杰

/ "也许婚礼只是一种形式，也许婚礼只是一个纪念，但是一场能让在场所有人哭得稀里哗啦的婚礼，却是对生命和爱情的感动。"

这是《鲁豫的礼物》最后一集播出时，剪辑师发在朋友圈的一段话，这让在场所有人哭得稀里哗啦的婚礼，是《鲁豫的礼物》为央视《新闻联播》主持人郎永淳和妻子吴萍在夏威夷补办的一场婚礼。那是一个黄昏，威基基海滩边的草坪上，点缀着简单却圣洁的白色玫瑰花、白色座椅，还有身着白色长裙的夏威夷舞娘。人们安静地坐着，一天中最温柔的

阳光洒在近在咫尺的海面上，洒在每一个人的脸上，恬静的幸福悄然流淌……

"希望一切都是圣洁而快乐的，我不要眼泪和悲伤。"

"这是我送给他的礼物，如果有一天我离开了，我希望他记得的是一个快乐的仪式。"

吴萍在北京给我们讲完她和郎永淳的故事后，面对着陷入沉默和感伤的我们，对仪式环节提出了唯一的要求。

这不是一个简单的节目，这是承载着一个癌症病人所有期待和希望的旅行，因此，当赴美之行遭遇一系列波折和考验时，我们固执地坚持到最后一刻，在起飞前一天等来了美国大使馆发放的媒体签证，固执地在手忙脚乱的情况下依然按原计划出发，因为，这是我们和吴萍的约定，是《鲁豫的礼物》给予她的承诺。所以，当这个美丽的黄昏完美展现在眼前时，当《生命中的礼物》

这首听了无数遍的节目主题歌再次响起时，当吴萍身穿隆重的白色婚纱挽着郎永淳缓缓走向我们时，如释重负的感受大过一切，终于，没有失信于人。

吴萍说："我不要眼泪。"但那一天，还没等鲁豫说完仪式的开场白，所有人的眼泪已经不受控制地默默流淌，一切尽在不言中。所有了解他们故事的人，都知道这一天意义非凡。这是《鲁豫的礼物》的意义。不管现实生活有多少琐碎、不堪、遗憾与困惑，这样美好的时刻，你只要经历过一次，就会永远充满希望！

常常有人替我们担心：明星秀恩爱会不会遭人反感？我想说，若引起了观众的反感，一定是我们方法上的失误，没能将我们感受到的真与爱恰如其分恰到好处地表现出来。你若在现场，《鲁豫的礼物》经历过的每一场仪式都是一次心灵的洗礼。

在澳大利亚，田亮在当年拿到奥运金牌的跳水馆，对结婚七年的叶一茜说："陪你吃一辈子早饭，希望早饭都是你做的。"王志飞在悉尼大桥的桥顶，突然而至的暴雨中，搂着新婚不久的张定涵说："我们俩的爱情不管以后，我们只在意当下的每一刻，珍惜每一刻便有未来。"辛柏青在暴风雨后彩虹悬挂天际的农场，对相守 21 年的大学恋人朱媛媛说："我不会说甜言蜜语，但是，今天我要说，在你手脚冰冷的时候，可以在我肚皮上取暖；在你奄奄一息的时候，我绝不会让你吃残羹冷饭。我会给你一个可以放心依靠一辈子的港湾。"

在毛里求斯纯净的沙滩上，携手走过七年之痒的陈建斌蒋勤勤，在双方父母和孩子的见证下，补办了拖延已久的婚礼，陈建斌说："家人的快乐就是我最大的快乐，看到他们开心，我发自内心地高兴！"同样在毛里求斯海边，陆毅和鲍蕾像童话世界中的王子和公主一样出现，我们被他们二十年如一日的爱情打动。陆毅说："有鲍蕾的地方就是家。"一定还有不少人记得那场星空下《阿凡达》般梦幻神秘的蜜月派对吧，刚刚当了妈妈的郝蕾与公务员老公刘烨身着印度传统服饰牵手而来，如梦如幻。刘烨对郝蕾说："你是我人生的舵手。"

在夏威夷，面向着钻石山，当地土著长老用听不懂的语言为胡静和朱兆祥祈福，没有任何现场布置，没有鲜花美酒，没有音乐没有宾客，身后是一片纯净的蓝，他们是一身干净的白，让天地也为之肃静。他们拥有很多，但却奉行极简，朱兆祥说："希望我们一家人一直都这样快乐！"

在法国文艺复兴时期建造的古堡里，欧洲特有的阴天下，朱军和妻子谭梅缓缓地走在狭长的草坪上，刚下过雨的地面潮湿松软，高跟鞋和婚纱束缚住了前行的脚步，法语版《因为爱情》播放了几遍，终于走到草地的尽头，谭梅说："这条路看起来很长，走得很难，但其实一会儿也就到了，就像这21年的婚姻一样。"

有时候，会觉得人生很长。走得磕磕绊绊，走得跌跌撞撞，走得狼狈不堪，走得很不耐烦，但走到尽头，你回头一看，都是风景。几十年的人生，风风雨雨，沧海桑田，曾相爱过也曾互相嫌弃过，能走到最后的，是命中注定。

有时候，也会觉得人生很短，兜兜转转、寻寻觅觅、反反复复，当你遇到那个人，已经不是青春年少，已经不是纯白无瑕，各自走过了一段不容易的路，终于遇见彼此，相知相惜一切尽在不言中。

鲁豫说："我们期待天长地久，如果没能做到，是一件遗憾的事情，但这就是人生，只要我今天还爱着，我就会永远相信爱情，永远歌颂爱情。"

旅行就像婚姻，二者的共同点在于，这趟路途都不会一帆风顺，我们在行走中学习、成长、完善，不是所有人都会抵达终点，但看过的风景、爱过的记忆就是旅行中最好的礼物！

《遇见海南人》：
这不是我的迈阿密，
这是我的海南岛。

伊恩·莱特，美国探索频道金牌主持。主持了《勇闯天涯》《有请伊恩·莱特》等知名节目。2014年，受邀拍摄旅游卫视纪录片《遇见海南人》。

海的客人
A Guest of the Sea

这是一次特别的文化之旅

／2014 年初夏，探索频道知名主持人伊恩·莱特，受邀来到海南岛，拍摄一个特别的节目。他将用 22 天的时间，骑一辆双人自行车，通过沿途搭载陌生人共同骑行的方式，逆时针环行海南岛。

他从海口出发，沿途经过澄迈、东方、保亭、三亚、陵水、万宁、琼中、琼海、文昌，最后再次到达海口。

一路上，伊恩·莱特深入体验海南岛原生态的生活面貌，也认识到很多爱这个岛屿的人们。这里有仅通过 Google 搜索，就下定决心带着妻子来海南定居的德国人大卫；有几代传承下来的老技艺，比如炭画、咖啡、海南粉、打鱼等；有原汁原味的疍家人和黎族人的生活方式；也有心怀更大舞台的年轻一代。更加机缘巧合的是，伊恩碰到了不远千里，从马来西亚出发，骑摩托车回海南岛寻根的华人们。

对于伊恩来说，这是一次触碰心灵的文化之旅，更是一段永志难忘的崭新旅程。

这是一个关于爱和家庭的故事

/ 这是我在中国海南岛的旅行故事，一个关于爱和家庭的故事。

如果说海南岛是一个家，那么博鳌就是一扇打开的窗户，每年亚洲论坛在这里举行的时候，都会吸引全世界的目光。

进家先进门，虽然博鳌很吸引人，但你要想真正了解海南岛，一定要从它的大门——海口开始。我觉得，骑双人自行车去旅行，真是个不错的点子，这可以让我很快和陌生人打上交道，虽然一开始有点儿难。但只要有人愿意搭车，我就能马上知道一些和这座城市有关的故事。在海口第一天，我就搭了三四个人。更有趣的是，我还遇到一支马来西亚骑士团。

如果海口是一扇厚实的木门，那骑楼老街就是雕花的拉环门鼻。在骑楼老街，我遇到一位真正的画家。她叫韩翠琼，可能是纯粹的海南人，因为她的名字里有一个"琼"字，你知道，那是海南的简称。她的样子也很海南，特别是笑起来的时候。

去五指山的途中，我遇到了白查村。这个村子的确值得来。你可以看到这座海岛上现存最古老的生活方式，就像看到一把保存完好仍在使用的古董太师椅。如果不是亲眼所见，你很难相信这些造型独特的茅草屋距离现代文明只不过 50 公里。当地人告诉我说，这些茅草屋之所以建造成小船的形状，是为了纪念黎族先人，他们乘坐小船漂洋过海，来到海南岛定居，辛勤劳作，世代繁衍，是这座岛上最早的居民之一。

如果说海南岛是一个家，那么它的屋

顶就是五指山。在山上爬坡不太容易，不过沿途的风景会让你忘掉身上的疲累。不管在哪个国家，勤劳的人总是受人尊敬，五指山采茶女有理由一整天都开开心心的，因为山上的空气可不是一般的新鲜。何况还有上天赐予的茶叶，这种奇妙的礼物。

如果说海南岛是一个家，那么三亚就是卧室里一张舒服的大床，对于那些想要卸掉旅途疲惫，彻底放松一下的人来说，这座城市是绝佳的选择。特别是当你长期在山野里骑行，海平面突然出现在眼前，我保证你满脑子只会有一个念头：冲进海里。

海南岛是一座很棒的岛屿，因为它的多样性，有许多事情值得探寻。起初我对它一无所知，现在它却令我难以忘怀。

这不是我的迈阿密，这是我的海南岛。

Ride with Mr Wright

遇见海南人

一次触碰心灵的文化之旅　一段永志难忘的崭新旅程

THE JOURNEY CAN TOUCH THE SOUL A TRIP ONE COULD NEVER FORGET

旅游卫视
The Travel Channel

《玩命之旅》：
千军万马，
前路坦荡

张昕宇 旅游卫视《行者》系列节目《玩命之旅》嘉宾，在东西伯利亚向女友梁红求婚成功后，驾驶帆船到南极完成了中国人在南极举行的第一场婚礼，并拍摄制作成为《行者》的系列纪录片——《环球婚礼三百天》。

／我和梁红行了万里路，但是在公众面前走出的第一步，是从旅游卫视开始的。

那是2012年的岁末，我们在除夕夜，在北京城绚烂的烟花中，奔向首都机场，去往雅库兹克，前往北极，开始我们的十年征程。

那个时候，在户外探险的世界里，我们还是新手，一腔热血，满心欢喜，又小心翼翼，一点一点地往前赶路，去往梦想中的地方。

那一年，我们睡过北极圈的奥伊米亚康，逛过索马里的枪支子弹市场，在切尔诺贝利与核辐射作伴，最后下到了熔岩翻滚的马鲁姆火山。

第一步迈得很大，也很疯狂。那一年在外人看来可能是玩命，但对我们俩却是一次脱胎换骨的历程。我们终于找到了自己想要的生活方式，也翻开了一本关于生活全新的书，里面是一个在我们此前从未接触过的世界。

在路上是一种病，走着走着就会上瘾，我们再也停不下来了。

回北京休整的日子里，我们见了一个富二代朋友，日子过得非常滋润，每天睁眼就三件事：喝酒、泡妞、玩车，这就是他生活的全部。见面那天他刚好准备换辆车，正在纠结是法拉利还是兰博基尼。我没接他的话，而是跟他讲了讲这一年，我们俩去了哪儿，去干了什么。看完我们带回来的照片和视频，他脸上的意气风发敛住了。没多久他还是买了车，但不是跑车，而是一辆越野。他组了个小团队，去非洲了。

这件事让我们俩都挺意外的。在那之前，在我们的想法里，我们在做的事情，更多的是为了去实现个人梦想，践行个人的生活追求，挺"小我"的。但是身边的朋友因为我们的故事而做出了改变，扔掉了原来醉生梦死的生活，让我们感觉很惊喜，我跟梁红开玩笑说："咱们这算是传递正能量吧？"梁红笑着附和："是啊老张，太正能量了。"

有了这第一位个例，我们想做更多尝

试。原来我们生活里的这部分，可以不仅仅是私人的记忆，我们可以分享出去，去改变一些身边的人，让他们捡起自己生活里被忽略掉的部分，或者做一个新的选择，尝试另一条道路，"那就让更多的人知道吧"。

就这样跟旅游卫视结了缘分，《行者》栏目推出了我们的第一档节目——《玩命之旅》，记录我们那一年里，去过的地方，见过的人，经历的事。

我依然记得，我们俩第一次站在摄像头面前生涩的样子，拘谨、紧张。第一次录采访，我们录了整整八个小时，近乎崩溃。

趁着休息的间隙，我们在后台互相打趣鼓劲儿："传递正能量啊，加油顶住。"

更让我们意想不到的是，这一次尝试又推开了生活里的另一扇大门，我们和无数网友的关联纽带就此形成。

越来越多的人知道了我们的故事，他们关注我们，和我们聊天，与我们分享自己的生活，同我们讲述他们的梦想和向往。

第二年，我们的大航海计划启程，我

们带着团队开着帆船去南极结婚，旅游卫视的《环球婚礼三百天》同步启动。栏目组给我和梁红在华彬酒店拍的第一张婚纱照，我们现在依然留存着。

那是一段异常艰苦的航行。狂风暴雨里，飘摇颠簸里，在漫无边际的大洋之上，多少次我们的身体濒临极限，心理也濒临崩溃。那时候支撑着我们的，除了承诺与梦想，还有那些"跟随"我们出发的陌生网友。

船上使用卫星网络非常昂贵，但是只

要有空，晕船呕吐到无法站立的梁红，就躺在船舱里抱着手机，给大伙儿念网友的留言和鼓励。

真的，很多时候并不是我们在感动和激励着别人，而是我们和大家在互相鼓励和感动。在那些艰难困苦的当口，听着给予我们动力的话语，疲惫困乏的我们又一次次地站了起来。我还是想喊那句话："五星红旗还在那儿飘着呢，我们的阵地还在。"

在阿拉斯加，在洛杉矶，在智利，在

路上很多地方，我们都会意外地遇到一些陌生人，他们曾和我们在网络上联系，又和我们在真实的旅途中相遇。

2014 年 2 月，我们没有在情人节当天如约赶到南极，迟到了十天。在我们冰天雪地的婚礼上，有历经千辛万苦修成正果的感慨，有年少承诺终于实现的豪迈，有队友们跳进南极冰水里送上的赤诚祝福，还有德国、瑞典、波兰、加纳几个国家领导人送来的惊喜祝福，而最让我们感动的，还是来自世界各地陌生网友们的留言。

我们和大家一样，都是生活里的普通
人。对我们来说，梦想和朋友，都是
生命里的不可或缺。我们的概念里没
有孤胆英雄，只有同舟共济一起上路。
在身边的、和在远处挂念的，都是一
样，把彼此放在心里的。

在即将自驾飞机环球飞行的天空中，
在我们的侣行路上，我们始终知道，
很多人都和我们在一起。

我是船长、队长、机长，身旁有梁红，
而我们的身后有着无数个你。因此千
军万马，前路坦荡。

《超级旅行团》：没有石头也能过河

代明 制片人、旅游行业策划人。2009 年加入旅游卫视，打造的《超级旅行团》是业内第一档与旅游产业紧密结合的节目，践行"所见即所买"的 T2O 产业模式。

／2014年6月16日，凌晨2点50分，KA997次航班离地起飞，离开北京首都国际机场。

这是《超级旅行团》的第一次出差拍摄，他们从北京到香港，再转机前往泰国曼谷。那时候他们还不叫《超级旅行团》，甚至连个名字都没有。一个临危受命的主编、一个被大家说"能干这活"的制片人、两个导演、两个台里的主持人、一个友情支持的主持人、一个善于表达的模特嘉宾，再加上一个临时组建的摄像团队，就是摄制组的全部成员。以上的每一个人，原本都不在同一个节目组工作，全部是临时抽调出差拍摄，难度可想而知。

团队抵达泰国后按惯例分成四组，分别拍摄泰国四条最有代表性的线路，这样既省时间、又节省费用。泰国对

旅游卫视来说并不陌生，所以无论对于观众，还是工作人员来说，都已经没什么新意。第一天拍摄完毕后，四组导演召开电话会议，都觉得拍摄内容虽然能保证正常播出，但不够精彩。这个虽是临时组成但高标准严要求的团队一致决定要做出改变。那么如何将精彩体现出来？那几个晚上，四组人马在泰国的不同地方，同样的辗转反侧。

没有石头摸着，也要过河。在反复的思索和讨论后，我们决定让四组主持人和嘉宾一起出现，并加入真人秀的元素。旅游卫视过往的节目中，最多是两个主持人一起主持，一个节目中出现四个主角，还真的不曾有过。说干就干，四组人马在曼谷会合，按照这一想法进行拍摄。

2014年6月25日，摄制组回到北京。来不及休息，就回到台里将所有素材传进电脑。从剪辑手法、中心思想到表达方式，甚至就连节目时长，所有人心里的概念都是模糊的。经过两个半月的推敲、创新、建设，再打破重建的过程，2014年9月6日，《超

级旅行团泰国篇》第一集在旅游卫视播出，收视率统计数据为 0.414。这个数据跟当时全国大热的跑男真人秀、亲子类真人秀等相比可能不算什么，但作为一个实验性的节目来讲，无疑是成功的。

是的，《超级旅行团》成功了。收视数据直接反映了观众的喜爱，而更重要的是，我们完成了最初的使命，深化旅游卫视的"T2O"探索，打通电视到线上或线下的销售转化，实现"内容即商品"和"边看边买"的消费需求，打造了旅游行业内第一档与旅游产业紧密结合的旅游节目。

有很多人羡慕我们的工作，说我们很幸运。是的，我们是幸运的。我们有幸到西班牙的高迪建筑去瞧一瞧，但圣家族教堂、米拉公寓却因为时间关系无法安排行程；我们有幸去了希腊的雅典卫城，但因其在拍摄计划之外依然无暇进去；我们去了世界十大潜水胜地之一的斐济，却根本没有时间潜水看看海底的世界；我们去了美丽的巴厘岛，甚至连火山和大海都没看到……

其实我们的工作和大家都一样，叫醒我们的并不是环游世界的梦想，而是做出好节目的使命和责任，有了这些，不需要石头，我们也能过河。

王铮 主持人，2010 年加入旅游卫视。主持《第 1 时尚》《美丽俏佳人》《中国旅游新闻》等节目。

《第1时尚》：
不是教你浮华，
而是带你生活

／从北京到上海，从米兰到巴黎，从纽约到洛杉矶，从首尔到东京……《第1时尚》走遍了世界上的时尚之都。为什么要做时尚节目？当然是和人们分享有趣且精致的生活方式。毕竟生活大于活着，像歌里唱的，还有诗和远方的田野。

很多人对于时尚的理解是浮华、肤浅、拜金……可当我用两年的时间跑遍了亚洲美洲欧洲的各个时尚之都后，我发现真正和时尚有关的，其实是对传统的继承以及对未来的不断勾勒。

传承，手作之美

/ 作为文艺复兴之都，佛罗伦萨有着很多有特色的手工艺小店。它们既承载着历史，也传承着数百年来只属于它们无与伦比的美丽技艺。

我爱佛罗伦萨，因为在这里你随处都可以找到传统工艺的传承，匠人们的精致作品，这是在这个现代化流水作业的时代最与众不同的珍贵之处。

为了找寻属于这里的能工巧匠，我走访了佛罗伦萨大大小小的街道。

在一条古老街道的角落，我找到了一间复古珠宝店，文艺复兴感十足的首饰设计让你感觉一秒钟变身欧洲贵妇。

推开门的那一刹那，我就知道，这就是我想要的属于文艺复兴之都的美丽记号。

店主 Carlo Amato 是个非常可爱的老爷子，人很热情。他和我印象中穿着花式毛呢西装的意大利人并不一样，只是随意地穿了一件衬衫，也没有像传统意大利男人那样有着去理发店精心修剪过的胡须，他看上去更像是一个专注的手工匠人或者富有才华的街头艺术家。

Carlo 用他并不太流利的英语跟我们打着招呼，专门找人去隔壁的咖啡厅买了最能代表意大利的 espresso 请我们喝，和我们聊起了他自己和这家店的故事。Carlo 最早是学社会学的，1960 年为了勤工俭学开始做一些小物件，起初只是在跳蚤市场售卖，没想到他的作品竟然在市场上受到了很多人的喜爱，这一做就是五十几年。

喜欢佛罗伦萨的人大多都喜欢文艺复兴的建筑和艺术，Carlo 说他的很多灵感都来源于拉斐尔、.波提切利，以及佛罗伦萨大街小巷的建筑和雕塑。

我说想买一件最能代表这座城市的时尚纪念品。Carlo 给我推荐了贝雕首饰。1805 年，意大利人首次将贝壳作为浮雕首饰的材料，震动了整个欧洲，当时的名媛贵妇们纷纷以能得到意大利工匠雕刻的贝雕首饰为荣。贝雕首饰的主题多是女性的侧脸，简单的白色轮廓展示了欧洲女性的美。这家店里的贝雕首饰尤其大有来头，苏菲·玛索经典电影《安娜·卡列尼娜》中的首饰就是 Carlo 为她量身打造的，其中就有一对贝雕耳环！

今年已经是 Carlo 老爷子从事复古珠宝生意的第 57 个年头了，他始终坚持着对手工制作的热情。Carlo 的女儿和我们同龄，在她的努力下小店有了自己的网站，已经完全不同于当年起家的跳蚤市场小摊位了。在时代和科技的推进下，传统手工匠人有了新的经营方式，但唯一不变的，就是一如当初的对于传统手工艺制作的传承。

创意，自由之美

／天使之城洛杉矶有一条包容一切的大街——威尼斯海滩大街，它接受你的平凡，也包容你的特立独行。你可以看到威尼斯海滩边恣肆的滑板少年，可以躲进好莱坞贵妇钟爱的 spa 馆待上半天，也可以在街边找到重金属的黑胶唱片。而我最钟爱的打发时间的方式，就是逛这里的店，听他们的故事，感受与众不同的 L.A. 风格。

在一面涂鸦墙边，一间并不算大的古着店吸引了我的注意，店名写着：Luxury Jones。橱窗里的衣物看上去格外显眼，颜色鲜艳甚至有点古怪，我决定进去看一看店主是个什么样的人。

见 Niki 的第一眼我完全没有把她和时尚设计师联系在一起，她像是一个微微带着酒气的刚从音乐节现场出来的少女，也真是和这家店鲜艳又古怪的风格很是统一。

店门左边的货架上，挂了一排被染成各种颜色的鸵鸟毛外套，颜色饱和度极高，从旁边走过时可以看到羽毛随着身体带过的气流舞动。里面有各种各样的的手绘 T-shirt，虽是古着，却被店主打理得干净整洁。而右边的货架上，是被改造成各种风格的破洞牛仔裤、短裤，以及看上去花了很大心思涂鸦的 oversize 牛仔外套和机车皮衣。这些大胆的设计对于像我这样平时见惯了城市上班族的人来说，新鲜有趣又跃跃欲试。

Niki 说起她的设计灵感来源，所有来到店里的人都是她的模特和缪斯，每件单品都被倾注了爱与关怀。挂在首饰台上的一条项链，用塑料编织而成，十分精致，让我想起了小时候做纸星星的回忆。这条项链是由一对小姐妹花在自己家的餐厅里制作的，她觉得这很有意思，大概每一个女孩的公主梦都是在自家用最简单便宜的材料编织起来的。对于 Niki 来讲，设计师并没有学历、年龄之分，可以是任何有想法的人，甚至可以是八九岁的小朋友。赚钱已经不是主要目的了，开店和设计服装都是 Niki 交朋友的方式。

同样的，我要寻找一件有着 LA style 的时尚单品，Niki 拿来了几件得意之作。蓝绿色鸵鸟毛披肩有旧时复古学院风的感觉，古着 T-shirt 是柔软舒适的纯棉面料，而灰色 T-shirt 上的字母图案是她自己亲手设计绘制的。配上单只略有夸张的高跟鞋造型耳环，在光照下闪着独属于夜晚女孩子自信的光芒，应该就是 L.A. 夜幕下的亮点。然而最特别也是最令她骄傲的那件，Niki 叫它"Dancing Dress"，为舞蹈而生。这是一件咖啡色纯棉连衣裙，领口有一圈长长的流苏垂下。她说这是她淘来的一件二手长裙，流苏和一字肩的领口，则是她自己的设计，将本来平淡无奇的纯棉连衣裙用简单的剪刀剪出了属于舞者的动感，配上一副小小的唇膏耳环也许会带来艳遇。Niki 将这件最特别的连衣裙作为礼物送给了我。

作为土生土长的洛杉矶女孩，Niki 在这生活了二十几年，她眼中的洛杉矶是包罗万象的。她喜欢让正式与性感的元素同时出现，喜欢把比较便宜的和比较贵的配饰融合在一起，而这正是属于洛杉矶特立独行的时尚风格。

佛罗伦萨的手工珠宝店、洛杉矶的创意二手店，它看上去似没有什么关联，但是他们同样把对于世界的理解融在了店里大大小小的作品中，它们像是一件件被具象物化的小小信仰或者小梦想，向每一个看见它们的人传递着自己的生活态度，希望找到志同道合的欣赏者。

这就是我想说的，时尚并不昂贵，它只关乎你的生活态度。

《卫视高尔夫》：
见证中国高尔夫
蓬勃起步的15年

杨刚 制片人、解说员。2006 年加入旅游卫视。解说高尔夫四大满贯赛（美国大师赛、美国公开赛、英国公开赛、PGA 锦标赛）和其他各种国内外高尔夫顶级赛事，制作《小球大世界》《天天高尔夫》等节目。

／2002年，旅游卫视以全新的面貌，给整个电视行业带来了一股朝气蓬勃的青春气息。也是从那时开始，高尔夫这个让很多人感到好奇又陌生的事物，出现在旅游卫视的屏幕之上。旅游卫视成为了全国第一家也是唯一一家制作专业高尔夫节目的省级上星卫视。

2003年，中国高尔夫人口迎来了一次井喷式的增长。中国第一代高尔夫球员张连伟在新加坡大师赛击败南非天王厄尼埃尔斯夺取冠军，拿到了下一年参加美国大师赛的资格，成为中国历史上第一位参加高尔夫大满贯赛的职业球手。这一切让中国的高尔夫人兴奋起来，也让刚刚开始尝试这项运动的旅游卫视坚定了打造中国第一高尔夫电视媒体的决心。

2004年，大学还未毕业的我来到旅游卫视实习，旅游卫视的高尔夫节目在当时主要是《卫视高尔夫》和《高尔夫赛事集锦》两个周末节目，还有赛事直播节目《高尔夫赛事·第一时间》。高尔夫赛事直播几乎是所有体育赛事直播工作里面最熬人的一项，

通常情况下，一场一百五十多人的高尔夫比赛要打四天，每天一轮，每一轮比赛的时间平均都在10个小时以上。加上我们选择的赛事绝大多数都在美国举办，时差导致直播时间集中在凌晨一两点钟到早上七八点。所以，每个周四到周一的早上，北京城早高峰的车流当中，总会出现一群挂着黑眼圈、拖着疲惫身躯"逆流"回家的"直播党"。这样的直播工作看似非常辛苦，但却慢慢形成了公司内部一个非常独特的圈子文化，很多平时交往不多的同事，在漫漫长夜里共同坚守，从对高尔夫一窍不通，到慢慢地看出门道，再到跟着画面上的精彩好球拍掌叫好，甚至为了一场精彩纷呈的逆转大戏激动地回家久久不能入睡。渐渐地，这些经常在一起直播的同事变成了无话不说的好朋友，而旅游卫视高尔夫最早期的专业团队也在这样的过程中，慢慢地历练了出来。

2006年，我大学毕业，顺利签约旅游卫视。经过两年的接触，我发现自己竟然真的爱上了这项当初完全不感兴趣的运动。我们请来了当红的高尔夫女主播潘蔚，著名的高尔夫球评言

明，花重金购买大赛版权，招兵买马打造自制节目……一时间，风起云涌，伴随着整个高尔夫行业的发展，旅游卫视很快在高尔夫媒体中树起了自己的品牌，那一年《卫视高尔夫》真正成为了旅游卫视拥有自己品牌属性的知名栏目。

2008年，借着北京奥运会的东风，掀起了全民健身的狂潮，体育节目的关注度也水涨船高。也是这一年，旅游卫视高尔夫在向海外拓展的道路上，迈出了非常重要的一步。

炎热的六月，美国加州多利松球场，年度第二场大满贯赛——第108届美国高尔夫公开赛的赛场边，第一次出现了旅游卫视记者的身影。那时的我已经是高尔夫节目主编，代表旅游卫视踏上了大满贯赛的现场。直到现在，我都还记得，在新闻中心外面的露台上，一眼望到多利松球场18洞果岭旗上飘舞的USGA（美国高尔夫球协会的缩写）字样时，内心那种难以言表的激动。

2010年，旅游卫视成为中国大陆唯一家独揽高尔夫四大满贯赛直播版权的卫视媒体。我们的足迹从奥古斯塔到圣安德鲁斯，从圆石滩的海边到锯齿草的岛中果岭，我们是名副其实到过世界最多地方的中国高尔夫电视媒体。

2013年，已在高尔夫行业摸爬滚打了7年的我，得到了一次改变职业方向的机会。这一年的美国大师赛直播，我意外地被推进直播间，第一次以球评人的身份开始传播自己对于高尔夫的理解和看法。

当我第一次坐在镜头面前，耳机里传来导播进入直播倒计时的口令"3、2、1"时，我紧张得把之前准备好的词忘得一干二净，手心全是汗水，甚至桌子下的腿也在不停发抖，以至于前10分钟的开场我说了什么自己完全不知道。这次直播让我重新认识了自己，我突然间发现这样的方式可以用最容易、最快捷同时也最准确的途径，把我多年来想要通过节目向受众传达的信息表达出去。

同样的一个观点，球评说一段话，只

要几十秒，却比一个二十分钟的专题来的更加直接有效。

2015 年，整个高尔夫行业的发展遇到了"瓶颈"。当然任何事物的发生、发展，都会经历起伏，有高潮也有低谷，不可能永远一帆风顺。然而，就是在这样的环境下，我依然坚持着自己对于中国高尔夫未来发展的信心。因为它拥有优秀的基因，只是现在还没有完全显露出来，还没有被更多的人看到。

2016 年，四年的磨炼，不计其数的直播工作我已可以做得得心应手。这一年，我接过了前任领导的指挥棒，成为高尔夫组的制片人。我开始思考节目，思考行业，思考高尔夫。旅游卫视高尔夫风风雨雨这么多年走过来，几乎是和中国高尔夫的发展相互见证，也相互影响。

如今高尔夫行业内很多领域还存在"奢华""尊贵"的标准，而它"绿色健康""优雅绅士""诚信自律""挑战自我"的真谛，大众却仍有误解。

高尔夫，本质就是一项运动，它就像一个天真淳朴的孩子，被套上了并不适合自己的外衣，这就是我们媒体人艰巨的使命———还原它本来的面目，让高尔夫，回归淳朴！

心无界

生命是一场微积分

每一个瞬间，都是生命的微分

如果不出去走走，你或许以为眼前的就是世界

而有些事情如果现在在不做

就永远不会做了

行走题

这世界

远比你想象中宽阔

而你要去翻越的

只是心里的一座山

走马观花不如宅在家

韩美林，国家一级美术师，清华大学美术学院教授，中央文史馆研究员。他设计了2008年北京奥运会的吉祥物"福娃"，是中国当代极具影响力的天才造型艺术家。2012年，与旅游卫视合作吉祥物"游游"。从上世纪80年代开始，他坚持开展"艺术大篷车"项目，以一种中国独有的文化现象和精神情怀，驶往中国以及海外的众多文化角落。旅游卫视作为合作媒体，全程记录了这些旅行。

/人生只有一次，有钱、有权、有人、有势都帮不上忙，长生不老是梦里的事，我非常珍视来到人间这一趟的机会。

/我这一生经历了许多艰难，但是我的作品中没有痛苦、没有牢骚、没有让人厌世的东西，只有"美好"二字。因为我只想把这个世界的美好献给有幸在这个世界上活着的人们。

/"艺术大篷车"坚持了四十余年，每年我都开着大篷车带上我的学生下厂、下乡，从不间断。从最初的山东、安徽到后来的印度、尼泊尔，再到如今的法国、意大利，我们看的不仅是绘画和工艺，像民歌、舞蹈、戏剧等等各种各样的艺术形式都是我们要学习考察的对象，这些民间艺术有着旺盛的生命力、有着原始朴素但激情勃发的美。

每当我们决定去一个地方，从不是漫无目的的，而是冲着当地某种特色的文化或艺术形式而去的，是带着任务去工作、学习的。有些地方我们去了还要再去，为什么？因为有了新的感悟、回来之后经过琢磨，发现了更好的结合的点，下次去再实践。

不论是什么艺术形式，都可以让人去思考用什么样的方式和角度看世界。通过艺术的训练，人观察世界的方法会发生变化，会把人的感情带到他所观察的世界中去，用艺术家的眼光看世界、看大自然，是一种富有人文精神的生命态度。行走在路上，要用心去体会，如果走马观花，那还不如宅在家里，反正不走心去哪都是一样的。

记得十年前的一次万里行，我们走了三万公里，从北京出发，路经九个省市，当从山西行进到陕北横山县时，在黄土高坡上，我们六辆汽车上的人一齐向下看，不约而同地大声嚷着停车。

下面有一群男女老少顶着七月的骄阳，坐在洼地上看戏…… 红红绿绿的"舞台"上正演着《霸王别姬》。我们走了过去，看到坐在土里的老乡。这里很少下雨，不论是人、车，还是毛驴，走起来都像"土上漂"或者更形象地说像"一溜烟"。那个舞台还叫舞台吗？薄薄的一层土铺上一些高粱秆，演员在台上深一脚浅一脚、上来下去，可真难为他们。

三伏天气里，这些"霸王""虞姬"穿得都是露胳肢窝的戏装，但这没有影响他们认真执着的演出。我看到那个兵败如山倒的霸王退到乌江边，见到虞姬自刎的那一场。本来秦腔的做派、唱腔就有一股豪里有悲的气吞山河之势，他一上场"哇呀呀"一声吼，见到虞姬三步并两步弯腰将她托起，仰天长啸，吼着那绝了望的、触及灵魂的秦腔，然后抓住虞姬那把乌丝往嘴里一叼，左腿一抬，金鸡独立……我顿时感到一股英雄气概，没想到这拔山盖世的楚霸王也有这落魄的今天！但见他把头一扭、大吼一声向前冲去，跳到那滚滚乌江里，千古英雄就这么与美人同归于尽死不瞑目地走了……这托着美人，叼着头发，金鸡独立挪着那碎碎的哆嗦步场景……我见过各个剧种的霸王与虞姬永诀的艺术处理，都没有他们处理得那么悲怆。而这出戏，你若单凭着简陋的舞台道具而远离，没有心，就看不到。

心灵的升华，一定来自于生活，来自于现实，这里所讲的不仅仅是艺术，任何一个人的人生境界、生活视角、人生选择等种种方面的飞跃都可以被带动。所以我们普通人特别是从事艺术的，应该多出去走一走，而且不是走马观花的那种走。一旦碰到特别好的地方，能启发灵感和创作的地方，就要多去，多用心去感受。

为什么要多去？同一个地方的不同时节，即使是同一个人，在不同的心绪下，看到相同的景物，都会有不同的感受。例如苏东坡看见月亮，想到的是思念，"但愿人长久，千里共婵娟"；李白看到的月亮，想到的是孤单，"举杯邀明月，对影成三人"。同样一个月亮，两人不同的心境，就有不同的感受，那么多诗人笔下的同一个月亮，情绪却有不同。你第一次去某个地方，新奇、陌生，随着你去的次数的增多，这个地方变得了解、熟悉，你对这个地方的感觉都变了，怎么会有同样的感受呢？更何况，这个地方本身还在不停地变化中，你的观察够不够细致，你的情绪能不能随

着移步换景而变化，你的大脑中关于
此地的记忆够不够深刻，这些都会影
响你此刻的心情。而这也正是我们身
为艺术从业者应该钻研的，看待世界
的学问。

我还会不断地创作下去，深入下去，
我希望每年有成千上万的大篷车，因
为旅行的路上有俯拾即是、取之不尽
的艺术宝藏。

探索世界，也是发现自己

杨澜 主持人、媒体人、传媒企业家、慈善家。主持的节目有《正大综艺》《杨澜访谈录》等，获得了中国第一届主持人"金话筒奖"。与旅游卫视因《绿色影响力》节目而结缘，节目邀请了各界嘉宾分享在绿色生活、环保理念与实践方面的故事和想法。

我们需要去发现

我们眼睛看到的和我们真正能够发现的

也许不是同一件东西

除了去看不同的风景

去体会当地的风物和生活方式、价值观

在旅行的过程中会不会意外地发现新的自己呢？

百闻不如一见

/ 旅行在我的生活中有很重要的位置，我也特别热爱旅行，所谓"百闻不如一见"并不仅仅是在景点拍照留念，当时的天气、当时空气中花粉的味道，甚至当时你是否气喘吁吁汗流浃背，都构成了旅行记忆的一部分，因为你的整个身体都参与其中，不仅仅是观看和拍照。

虽然经常在各种图册和纪录片里看到著名艺术品《最后的晚餐》，可当我在米兰的圣玛丽修道院真正面对这幅巨型壁画时，内心却由衷地受到了巨大的震撼，我不仅惊叹于画家的高超技艺，甚至还能亲身感受到时光倒流，仿佛可以身临其境看到画家在完成这幅巨作时的用笔方式和专注的神情……这是其他欣赏方式所不能替代的。

所以人一定要旅行，你见的多了，自然就会心胸豁达，视野宽广，让你对自己更有信心，不会在物质世界里迷失方向。

探索世界，发现自己

/ 我喜欢有计划的旅行，如果一切都等待随意发生，往往会错过些什么。第一次去欧洲，因为贪多，我在两周内走了十几个国家，结果回来后，居然连照片是在哪里拍的都记不清了；所以，缺乏规划和功课的旅行是我尽量避免的，我宁可在一个地方小住几天，去细细体味当地的生活方式，把心沉静下来，感受属于当地独特的美妙。

我非常舍得在旅行中花钱，没有比把钱花在旅行上更值的了。因为它给你带来的是永远不会忘记的记忆财富。一件衣服两年就过时了，一个包包三年就磨坏了，但旅行的记忆，不论是当时的照片视频，或者写下的幼稚日记，当你重新翻看的时候，那种美好的感受依然会将你环抱，绵绵不绝。

对我而言，旅行是探索世界，更重要的是，发现自己。在旅行的过程中，不仅有计划之内你预期可以看到的美景和艺术品，沿途还会有更多的惊喜和发现。旅行的乐趣就在于它存在变数，虽然不一定全都是美好，但这也是它最让人着迷的地方。就像人生，你可以规划方向，但很难精确到每一步。

当年面试《正大综艺》节目主持人的时候，主考官问我为什么来面试。我的回答是，《正大综艺》是一扇可以帮助国人了解世界的窗口，让很多当时还没有出国经历的人可以开阔自己的视野，多了解海外的文化和风土人情。当一个人看到的东西不一样，思考的东西不一样，行为和思维方式也会点点滴滴地产生改变。

在旅行中收获
美好的记忆和"无用"的快乐

/人生是由无数美好的记忆和瞬间组成的，旅行可以说是最能够创造这两者的活动了，所以，每年我都会安排2～3次较长时间的旅行。

年轻时会和要好的同学朋友一起结伴出行，婚后基本都是带上一家老小一起旅行。虽然跟老人同行不能安排运动量太剧烈的活动，行程也要比较舒适，但天伦之乐是无价的，看到家人的快乐，我的内心也充满了喜悦。当父母说，能够跟儿孙一起去这么多地方旅行，感到非常幸福，我也切实地觉得特别幸福。

当我带着孩子出去旅行的时候，我发现了让孩子快乐的秘籍：丢掉那些"意义"和"有用"，去收获一些"无用"的快乐，这也许才是对孩子更重要的。我曾带孩子去欧洲欣赏经典的建筑和艺术雕塑，他却发现了"西班牙的蜘蛛和法国不一样"；我也曾像大多数家长一样希望培养孩子的音乐修养，带他去音乐之都奥地利旅行。结果一场古典音乐会结束，他很认真地对我说："我在音乐里听到了痛苦……"于是我改变了自己的观念和我们的旅行方式。

利用春假，我们一起开车到肯尼亚的草原看日落，那真是非常幸福的一天。起伏的草地与蓝天连接，在夕阳下摇曳；极目远眺，成群的斑马、羚羊、大象、长颈鹿在不紧不慢地散步、进食；灌木丛中，还有十几只狮子在享受阳光。在这生命繁衍的大草原上，我和孩子们一起体会到一种回归感，感受到大自然的热情与冷静、生命的美丽与尊严。

第一次跟大自然这么亲近，儿子别提有多兴奋了。足足一两个小时，他一直用望远镜观看羚羊吃草，有滋有味；观看斑马大便的过程，妙趣横生；看长颈鹿奔跑的姿态，兴奋得小脸通红；狮子目中无人，一脸"清高"的样子更让儿子好奇不已……那一次，几乎是我在分享着儿子的快乐，感受着他的幸福。夕阳下他的小脸上写满了快乐，坐在草原上静静看日落的表情把我深深地打动了。原来，快乐就是这么简单，顺其自然很快乐，"无用"很快乐，"无意义"很快乐，越简单越快乐……

人间是剧场，天地是舞台

梁冬 正安康健创始人，正安"自在睡觉"创始人，曾任凤凰卫视节目主持人、主编及百度副总裁，获得过《新周刊》的"2012年度生活家"称号。曾担任旅游卫视《国学堂》节目的主持人，在节目制作期间，他采访了近100位民间中医、中国文化学者，为中医的宣传推广做出了巨大的贡献。

／如果一个人要用旅行来修心，那可能是因为他所待的地方不够舒服。最重要的是，你的心在世界。如果心不在，即使你人已经站在了埃及金字塔旁边，手上却还在不停地刷新着朋友圈，那就没啥意思了。

／很多人想去的地方都很远，但其实忽略了身边的美景。就像景点众多的北京东城区，我以前就生活在这，工作的地方离家只有两公里，但我连东城区都没逛完过。我每次上班都觉得自己在旅行，特别幸福，很多人从全世界各地坐火车、坐飞机大老远地来东城区旅行，而我，生活在景区里。

／旅行不需要太多，其他时候可以看看旅游卫视。

旅行是一种修炼法门

/ 旅行应当是一种行为艺术，不是要真正地踏遍千山万水，而是一种训练出离心的修炼法门。所谓出离心，就是随时可以离开的自由意志，可以随时放下一段关系。对世间的出离心，可以让你不执着于贪恋，不贪恋就不会被伤害。

我曾在外滩看到一个老房子，特别有感触。这座房子曾经有非常辉煌的历史，并且是出自国际知名的建筑事务所之手。在混乱的年代中，这座房子被分隔成了很多小空间，以便让很多不同的人住在里面，可惜了。所以后来又有人找到了当年的建筑事务所、图纸甚至砖，来将这座房子还原成原本的样子。

如果你能了解一个房子，能把自己想象成这个房子，看着有人给你开膛破肚，看着这些人为一些鸡毛蒜皮的事情吵架，经历爱恨情仇，又看着一切似乎恢复原样；那么你就能理解什么叫"了了分明，如如不动"，弹指一挥间，你虽然什么都没有说，但你什么都知道。

而旅行的意味恰恰在于，你是否随时能和所有的人、事、物连接。感受那个时空曾经发生的事情，随时把自己投身进那个时空去感受，又能随时把时空投射到自己心中，当你能够自如地掌控这个过程，就像找到了一个虫洞，可以跨越平行宇宙。

生命是一场微积分

/ 在我这个年龄，对我来说，真正的旅行，应该是跟家人一起，要带着父母和儿女。所谓为别人和为自己其实没有什么区别，我们陪父母的时间不会太多了，孩子也是，他们长大以后就离你而去了。所以在你们还有机会一起旅行的时候，一定要抓住机会。

旅行是可以促进亲密关系的，但是任何亲密关系都是因缘际会，都是不长久的。所以，当你有机会去旅行，就应当尽情去享受旅行的快乐；当你有机会可以安住，就应当安住好你的心。生命是一场微积分，每一个瞬间都是生命的微分。

所谓人间是剧场，天地是舞台。当你坐在电视前看旅游卫视，就跟你在全世界旅行时，是一样的。

真正长久的关系
是自在和舒服的

/我和旅游卫视的缘分很深，不仅是一起合作了一档节目《国学堂》，而且卫视的历任负责人都是我的好老师、好朋友，我跟卫视的相处是自在且欢喜的。

旅游卫视是一个有坚守的电视台，能引发一群有独特审美、价值观的观众共鸣，并且不以收视率为唯一的价值衡量标准，这是文化节目得以在卫视生存的原因。所以《国学堂》当时虽然不是一个收视率非常高的节目，但却在国学爱好者心目中赢得了一定的地位。因此我非常感谢旅游卫视，卫视是有初心的，是有美学趣味的，是对自己的审美和品格有要求的。事实也证明，媒体并不仅仅只能用收视率来证明自己的价值，就像一个朋友，他不一定有多大的影响力，但是当你们心心相印的时候，他能带给你的快乐和幸福是无法用语言准确描述的，旅游卫视于我，就是这样的一个好朋友。

玩是一种想象力！

那威，主持人、演员。主持过《阳光大道》《超记忆王》《谁是大侦探》等多档深受观众喜爱的节目，并以其出色的演艺才能获得第四届澳门国际电影节最佳男配角奖。2004 年与旅游卫视合作制作国内第一档美食脱口秀《那小嘴》，开创了美食鉴赏和脱口秀结合的节目先河，引领了当时美食节目的潮流，那威也凭借其轻松诙谐的主持风格深受观众的喜爱。

美食是一种精神上的味道

千人百味，感觉不一样，理解不一样，环境也不一样

美食的魅力就在于寻找、体味和感觉

舌尖上的美味所带来的惬意享受，丝毫不逊于途中所看到的风景

享受美食，是我旅行中永远的第一顺位

/ 在旅行的几大元素中，"吃"的地位有时候挺可怜。

例如，吃火锅其实主要是为了让大家伙儿聚在一块儿聊天，感受热火朝天的氛围，却很少有人去关注火锅选用的食材、食材背后的故事和有意思的料理做法。

美食是需要引导、暗示和渲染的，它是一种感觉和氛围，是一种精神上的味道。我不是美食家，可我愿意推荐美食，并且从不同的角度阐述美食的妙处，通过我的讲解去诱惑人们的味蕾。当时我们在《那小嘴》里向大家介绍过很多美食文化，例如哪里的小吃好吃，羊肉串为什么要肥瘦搭配，松鼠鳜鱼是怎么回事，等等，很多饭馆也跟着我们的节目一起火了起来。

我喜欢从特别的角度去介绍美食，比如北欧的航空公司会提供非常好吃的芝士蛋糕和小瓶的酒，很多人都只会形容怎么好吃，但其实这里面是有故事的。芝士蛋糕放在盘子里的时候如果你是把它放倒了，说明你是已婚状态，如果你把它立着放就是表明自己是单身，这就是他们当地的文化；还有，小瓶的酒是不能带下飞机的，必须在和上帝最接近的时候喝完，下了飞机就是凡间的液体了。再比如很多人爱吃三文鱼，其实三文鱼最好的地方是鱼腩处的丰富油脂，但因为进口的原因，很少有人能享受到地道的味道，那就必须亲自到产地去才能吃到油脂感最美妙的三文鱼。

我觉得自己是美食鉴赏家，是美食的"化妆师"，我不仅吃得明白，还能get到眼前的食物到底妙在哪，我不仅知道"味"，还明白"道"。

旅行的快乐并不完全在于到达目的地

／在我看来，旅行的最大乐趣是和朋友一起玩耍的乐趣。想吃就吃想喝就喝想玩就玩想闹就闹想走就走。谁陪你玩，谁陪你吃最重要。旅行的过程其实也像是享受一次愉快的下午茶，而这次下午茶，你会分别吃到四道甜点。

第一道甜点：商量去哪，商量和谁一起去

第二道甜点：在目的地寻找、享受美食

第三道甜点：购物

第四道甜点：旅行归来后显摆吃了什么，相机里拍到了什么，买到了什么。

好的旅行安排，不能太焦躁。虽然假期有限，但也不能恨不得把全世界都走遍。走马观花并没有什么意义，真正有意思的旅行，应该是去融入当地人的生活，并且想尽办法玩出有价值的线路，玩出想象力来。

比如，大家都知道日本的神户牛肉虽然好吃但是昂贵，其实大家不知道的是，应该去两个地方吃神户牛肉：一是卖生肉的地方，一般这些生肉铺子的一楼卖生肉，二楼和三楼就会开辟

法国，大家也别老去巴黎圣母院、卢浮宫，还可以考虑自驾旅行；英国约克郡的东部沿海地区，悬崖的一边是温润的天气，但当你攀爬上山顶之后会发现，陡峭悬崖的另一面却是狂风，风力之大能将海边的雨水倒着吹回悬崖之上，堪称奇观，如果你够胆大的话，甚至可以尝试玩玩"悬崖漂浮"；很多人想去大溪地，但是嫌旅费昂贵？那也好办啊，给邮轮写封信，志愿去做服务员，每天服务几个小时，就可以玩一趟了呀！说不定还能挣点小费。

出来自己做烤肉；二是高速路上的服务站，真的是又好吃又便宜。

再比如，德国慕尼黑机场里就有非常好喝的啤酒，但因为店面本身其貌不扬所以总被游客忽略；北欧航空公司提供的巧克力特别好吃，从加拿大飞过来的航班提供的蓝莓特别好吃；

所以说，关键就是大家得打开思路，脑洞大开，想着点子去玩去吃，才能玩出精彩，不虚此行。

从美食的角度看世界

贺毅，主持人。2011年加入旅游卫视。主持《有多远走多远》《美食公寓》《心煮艺》等节目。

／旅行让我着迷，也成为了我的生活习惯，一段时间不出去走走，就会觉得浑身难受。我有一颗好奇的心，想了解世界，了解各地不同的生活状态，而以美食的角度去旅行，更让我有了很多意想不到的收获。

我对待美食总是"感情用事"，找寻食材、找寻厨师、呈现、品尝，在了解美食的历史和做法之后，再去品尝真的会有完全不同的感觉。美食并非

单纯因为美味，我总觉得，一种食物，味道很重要，故事很重要，而食客的感觉也很重要。

食物能为一座城市代言，你能透过它

知道有关这座城市的一切。我在马来西亚吃到了当地非常有代表意义的一道美食——肉骨茶，它见证了华人在当地打拼成长的艰辛和不易。马来西亚的气候有些许湿热，创业的华人很容易得风湿，为了治病祛寒，就经常买中药材来治病，但因为忌讳说"药"，就改为了"茶"。据说有一次，有人误把猪肉放进了药中，没想到喝起来居然味道极佳。后来经过不断的改良，就成为了现在这道著名的美食，不仅可以治病，还能补充体力，华工们一天就指着早上的这顿肉骨茶，吃饱喝足再去干活。

说起台湾美食，好吃的都在夜市小吃，而在台湾的小吃中，我最爱的就是卤肉饭。卤肉饭的前身叫猪油饭，后来才叫卤肉饭。从一开始吃不到肉，只能在米饭上淋一勺猪油，到后来可以吃到肥瘦相间的卤肉，这道台湾最具代表性的食物之一，也默默记述着台湾的历史与过往。

澳门的手信就是走亲访友时带的一点小礼物，表示礼貌和情谊。澳门大街小巷都藏着很多手信店，大多是一些

小吃甜点，而这些小吃甜点不仅好吃得让我爱上了澳门，还感受到了浓浓的人情味道。如果你在澳门，一定要去三盏灯尝一尝缅甸餐。三盏灯居住着东南亚归来的华侨，他们刚回到澳门生活时，很多人跟当地人交流起来比较困难，所以一些来自缅甸的华侨看到了商机，开起了缅甸饭馆，他们根据自己的记忆和当地食材做起了澳门版的缅甸餐。慢慢三四十年过去，这里已经成为游客的必经之地。但有意思的是，在缅甸你却吃不到三盏灯的菜式，这是时代造就的美味。

味觉，是人类最有记忆力的感官。人们往往会因为一道菜，恋上一座城。就像每当提起家乡，我想到的，是妈妈做菜的味道。

行者无疆

刘航，《行者》创始人、《行者影像节》创办人。2004 年加入旅游卫视。在电视行业从业 20 年，策划过《搭车去柏林》《一路向南》《别叫我宝贝》等几十个系列知名旅行类纪录片。

／ 2010年《行者》6周岁的时候，获得了新周刊颁发的《中国电视榜》"年度最佳人文节目"的殊荣。那年的年度电视节目还有《中国达人秀》和《非诚勿扰》。我穿着冲锋衣，和西服革履的金磊、孟非在一起，等候上台领奖的时候，看着他们相互打趣，谈笑正欢，而我默默地站在旁边，脸上挂着尴尬的微笑，像一个局外人。还是在2010年，《行者》出品的《搭车去柏林》获得了《综艺》杂志的"年度优秀电视节目"。我和谷岳同时穿上了动物园服装批发市场买的不太合身的西服，在许多穿着光鲜亮丽的综艺明星当中，我们互相看看，感觉到自己依然像个局外人。

2011年，我们创办了自己的颁奖礼——《行者影像节》。我们在邀请函上郑重地写下，请不要穿正装出席，于是乎一群穿着冲锋衣、软壳、抓绒衫，上山下海拍纪录片的哥们儿姐们儿终于可以舒舒服服地穿着自己喜爱的服装欢乐地聚在一起，过属于他们自己的节日。

现在大家都在讲圈层，你如果不混几个圈层，参加几个社交活动，你都不好意思和别人打招呼。某次我受邀参加一个沙龙，大家互相介绍自己，有人说是投资圈的，有人说是时尚圈的，有人说是影视圈的，轮到我时，我也不知道自己应该属于哪个圈层，想起当时《行者》刚刚完成的系列纪录片《去你的北极圈》，我自豪地和他们说，我是混北极圈的。

1月2号送老极（《别叫我宝贝》主人公）一家三口去机场，开启纵穿南美到南极的旅行。两年前同样是11月2号，老极一家人在老挝骑上了挎斗摩托车，一个为期六年的三极三部曲的念头悄悄在老极的脑海里萌生。而这一切只是源于老极儿子小辛巴要看北极熊的一个小小要求。老极一直和大家说，儿子是他和老婆小猪在非洲旅行时种下的种子，所以给儿子取了小名叫小辛巴。后来才知道这个名字还有另外一层意思。原来老极和小猪是想做丁客的，儿子的到来是意外惊喜，因此小辛巴也还有着"小心吧"的意思。这次老极在整理去南极的行囊时，将装备减了又减，一家三口五个月的长途旅行，在只有一个大箱子的情况下，还是毅然决然地将三盒超薄的冈本塞了进去。这件私密的事情老极本不让我说，但为了蹭点老极的热度，还是写出来，反正现在他远在厄瓜多尔也只能干生气，如果想要打我，五个月后，我接你时，心甘情愿献上我的屁股。

谷岳要从北京去柏林看女朋友，坐飞机只需要十几个小时，但他选择用搭车的方式，结果半年后才亲上柔软的嘴唇。张昕宇要在南极向女友求婚，从乌斯怀亚上船，三天后也就到了南极，但他选择卖货卖公司，自己买一艘帆船，考本学驾驶，前前后后用了三年的时间，才把戒指套在了女友的无名指上。老极的儿子说爸爸我想看北极熊，大部分爸爸会带儿子去趟动物园，但老极却选择一家三口南辕北辙地先杀奔了东南亚，然后一路向北到达北极圈。王健林说要先给自己定下一个小目标，但如何实现目标，每个人都会有自己的选择，在大家都想越快越省力地实现自己目标的时候，还是会有一些人，去享受完成自己目标的过程，让这个过程再长一点，再难一点，再有趣一点，长得难得有趣得足够老到哪也去不了，还可以坐着轮椅慢慢聊。

不管这样的人在这个世界上是不是怪胎，我已经与这样的一群怪胎愉快相处了十四年。他们在我的通讯录里有一个分类，那就是行者。这14年，中国大地有着翻天覆地的变化，每个人都在拼命追赶时代的脚步，生怕错过任何一个机会。而行者们却选择了"以不变应万变"的方式，来应对周遭的变化。这14年来，梁子的镜头一直对准非洲和阿富汗的父母儿童，杨勇的身影也从未离开过中国的大江大河，孙冕没有一天放弃对抗战老兵的救助，奚志农把家从北京搬到了大理，花越来越多的时间待在野外……这样的行者还有很多，刘畅、顾桃、耿栋、王静、张梁……和他们相处的日子就像一首歌，常常在我的生活中唱响。

有人问我，14年做一个节目是怎么坚持下来的，我说不是我在坚持，是所有的行者在坚持，我只是不想掉队而已。这14年行者选择了另外一条路，这条路人少路荒，可是一旦选择，人生从此两样。能有着与行者相伴的14年，人生复何求？

从一无所有，到走向世界

谷岳　环球旅行者、旅游卫视《搭车去柏林》《一路向南》发起人。

如果不出去走走，你或许以为眼前的就是世界。

有些事情现在不去做，就永远不会做了。

如果你真的想做一件事，全世界都会帮你。

/你有没有问过自己："我这辈子就这样了吗？"

从上小学起，老师和家长就开始告诉你，要好好学习，考上好中学；上了中学，压力更大了，要准备高考——这可能会决定你一生的成败；即使考上了好大学，接下来还要在体面的大公司谋得一份待遇丰厚的工作。找到了值得父母骄傲的工作后，还要和其他许多跟你境况相似的人竞争。我们像赛跑中的兔子，向着更高的职位努力，向着 EVP（执行副总裁）、CEO（首席执行官）这样的管理层奋斗，这样你才能买大房子和豪车，甚至还能向一些肤浅的年轻姑娘炫耀你的财富，虚荣地给她们讲述你如何将大好青春牺牲在这个奋斗过程中。然后，你问自己："我这辈子就这样了吗？"

我在 GE 金融（美国通用电气公司旗下的金融服务公司）工作一个月后的某个夜晚，这个问题浮现在了我的脑海里。那时候我 22 岁，刚刚大学毕业，GE 金融是当时世界上最有实力的公司之一，我的工作是风险评估。

我当时的薪水比大部分同期毕业的同学都高，正在向着成功快速迈进。但工作了一个月后，看着周围的同事们，我开始问自己：接下来 40 年，我的生活是不是就像现在一样——日复一日，每年只有两周属于自己的时间？生命中剩下的问题是不是只有：和谁结婚？买什么房子？

当我和同事们谈论起这个话题时，他们总是用传统的智慧回答我：你努力工作、赚大钱、提早退休，然后就可以享受自由的生活了。但是究竟有多少人能够提早退休？到了 40 多岁时，你会有孩子，还要供房子。即使那时候有足够的钱不用操心孩子和房子，你还会继续追寻自己的梦想吗？那时候你已经变了。青春一去不复返，我们应该珍惜它，让它发挥最大的价值。

2003 年秋天，工作两年后，我辞了职，卖了所有东西，开始背包旅行，这趟旅行持续了两年零一周，从美国开始，在中国结束。我周游了四个大洲 18 个国家，我的行李是一个背包、三个照相机和一张单程机票。我将可预知的平凡生活抛却身后，寻找真实

的自然和心灵的升华。两年零一周，
每天早上醒来，不知有什么样的惊喜
在等着我，我遇到来自世界各个角落
的人，通过从未想到的方式认识自己，
发现原来拥有快乐、享受眼前、珍惜
生活是那样简单。这就是我在路上的
生活，不知道每天能遇到的什么样的
人，每次都遇到好人，都很有意思。
可以说，世界各地的人都来帮我们。

记录了我周游经历的节目《搭车去柏
林》播出之后，收到了很大的反响。
那个时候还没有微信，没有大量的视
频，我也只能通过电视节目、文字、
照片和大家分享。不久之后我又计划
了"一路向南"，有搭车有骑摩托车，
不仅仅是一段新的冒险，也带给我很
多新的思考。

摩托骑行和搭车很不一样。搭车是听
天由命，随遇而安。摩托骑行更主动，
想去哪，靠自己就行。自立、有选择
主动权，是更大的自由。当天地间只
有我与摩托车在飞驰时，能感受到最
真实的内心世界。

其实旅行也是有阶段性的，就像成长。

搭车是件苦差事，路上充满了许多不
确定和危险，你不知道下一辆车的司
机是一个什么样的人，更不知道他会
把你带到哪里。

最初开始旅行时，我的大脑里全部都
是兴奋和好奇，就像一个婴儿，对一
切新鲜的事物感兴趣。搭车这样的冒
险让我感到刺激，所以我总是把回家
的时间往后推，不想让自己回到现实

的生活中，可是后来我发现这是不可能的，总有一天，人还是要回到现实，不管走多远都要回到生活中。自由不是逃离社会，而是对自己的责任，是可以承担未知的一种勇气，比如下月房租从哪儿来，能否养活自己，几年后自己会做什么工作？如果你能承受这种未知与不安全感，旅行会是你人生很重要的一部分。如果承受不了，那它真不是你想象得那么简单。热爱旅行的人，一定也是热爱生活的人。别抛下一切生活专门来旅行，而应当去寻求一种生活与旅行的平衡，让旅行慢慢变成一种习惯，像吃饭睡觉一样。

现在人们的生活越来越好，满足了基本的生存需求之后往往都会选择去旅行，去看看世界。我也不再单单满足于自己的旅行，而是想着可不可以让更多的人参与到旅行中，和我一起去感受这个世界，所以我计划了"跟我去旅行"，不带一分钱到印度，到美国加勒比，参与的人越来越多。我不停地将拍摄好的素材分享出去，让更多人感受到外面的世界不再遥远。分享是与生俱来的，如果你发现了一颗糖，你会自己把它吃掉，如果你发现了一大把糖，你不仅自己可以吃到还可以分给更多的人。

一个人的成长，小的时候总是充满了好奇，对一切都感觉新鲜，之后会慢慢熟悉，开始思考它的本质，会用各种方式去追求自己想要的，让这个世界不再陌生，处处都充满了回忆。背着旧背囊，穿着旧鞋子，旅行即是生活，把山川翻越，把河流掠过，也将山川河流终归于生活。

眼界改变世界，行走改变命运

杨旸 2004 年加入旅游卫视，曾任主持人、制片人、主编，主持过新闻类、旅游类、人物访谈等多档节目。2011 年起担任频道推广等工作负责人。

／第一次在电视里看见自己，是一个夏日的午后，温润潮湿的江南让人难免有些心浮气躁，我蜷缩在沙发的一角，忐忑又期待地盯着眼前电视里闪过的每一帧画面，当一脸稚气与生涩的自己出现时，欣喜骤然荡漾……那一年，我二十岁，带着青春的憧憬与梦想，懵懵懂懂地开始接触电视主持这一新鲜的世界。

第一次外出采访是寻访郁达夫故居，那儿是我迷恋的婉约温润的江南水乡。狭窄胡同里的安静院落，芳草萋萋，花木扶疏，作家笔下的大鱼缸还在，记录着往日的落寞清寂。我找到了郁家当年的一个丫鬟，名为阿花，有点怯怯地喊了声阿花婆婆。九十几岁高龄的老人家躺在竹制的摇椅上，目视远方，娓娓讲述她珍藏的故事，我则坐在摇椅前的小木凳上静静地聆听，淡淡的阳光透过窗格散落一地，仿佛刻意配合故事情境一般营造出古老的气氛，那一刻的阳光和温暖就这么定格在我的记忆里了。

小女孩对神秘幽远时间的迷恋是有根源的，因为年轻，就显出了对古老的贪婪，对于一双单纯的眼睛而言，所谓深厚的文化概念是被强加的，那时的我只想去很多地方，看更多不一样的人和事，想象中那样的生活一定很精彩。年纪太小，心太大，恨不得要知道这个世界一切的秘密。其实每个人都有贪婪的时候，真感激我的职业———电视主持人，可以成全我内心的这种贪婪。

于是在这条充满惊喜和挑战的旅途上，我走了很远的路，也有了更多的第一次。第一次主持大型娱乐节目，容纳八百人的演播厅人头攒动，我躲在舞台一角瑟瑟发抖，紧张得不行。第一次被人认出来时，我正在路边摊吃饭，突然一个人走到我面前说："你是主持人杨旸吧？给我签个名吧！"我顿时满脸通红，刚刚咬下的黄瓜块也掉进了汤里。第一次拿银话筒奖，捧着个奖牌见谁给谁看。第一次直播新闻，说错了一个字，难过得出了演播室就大哭。第一次收到的观众来信，是一个农村的九岁女孩，她告诉我她的理想也是当主持人，而且每天都对着墙壁大声朗诵，看到她的信，我感动得哭了……

太多的细节，太多的感慨，年少时每每看到电视中主持人如花的笑靥，我都不禁暗暗羡慕他们的光鲜，直到后来我也有幸成为其中之一，才发现这份职业带给我的远比我想象的要丰富——悲的、喜的、沉寂的、朴素的、光亮如火的人生和光怪陆离的世界。

因为喜欢那句"身未动，心已远"，我加盟旅游卫视开启了新的旅程。在旅游卫视的生活永远是新鲜的、充满惊喜的，虽无法实现丈量地球上每一寸土地的野心，但旅游卫视已经为我和更多人呈现了更为立体和多彩的世界，也不断有更生动和更多元的视角在持续不断地讲述着心灵的故事，还有关乎思维的新观念。我也不再是当年那个不谙世事的好奇小女孩，已经

学会用心去体会多彩世界背后的故事。

丰盈的人生是读万卷书，行万里路，与万人谈，加盟旅游卫视使我的视角更生动了，而我最喜欢的还是那句：眼界改变世界，行走改变命运。

平凡之路

孔云蔚，主持人。2015 年加入旅游卫视。主持《中国旅游新闻》节目。

/ 我叫孔云蔚，这个名字是老爸给我取的，源自成语"云蒸霞蔚"，老爸第一次知道我的存在，海边正是傍晚时分，晚霞升腾，老爸的心情得到了最好的映照。我出生后，老爸又想起读信那一刻海边的景象，故取名字"云蔚"。我很喜欢这个名字，傍晚的海边是最适宜的，不是早晨时的宁静，不是夜晚时的汹涌，一切都刚刚好。

在海南广播电视总台三年的工作生涯里，我主持了各式各样的节目，地面频道的宣传片以及活动都较多，往往是起早贪黑，迎着朝阳而出，踏着星辰而归，都是常有的事。最有意思的是有一天我家楼下的保安问我："你是不是主持人？我在电视上看见你了，我之前还在奇怪，为什么你经常拖着箱子早上披头散发地出去，晚上浓妆艳抹地回来。"听完他的话，有点心酸，有点骄傲，至少知道自己坚持在做的事，有回应。

工作三年，有成长，有进步，也有迷茫。我决定放下一切，给自己一个间隔年，暂停脚步，去做自己想做的事，去找自己想要的答案。

2014 年的 9 月 11 号，我坐了十三个小时的飞机，来到了大洋彼岸的又一个海边城市——洛杉矶，这里有着美西电影里的荒漠，有着自由散漫的气息，有着蔚蓝的海岸，灿烂的花朵，随意的街道，和无处不在的阳光。无论你是富有的商人，还是一贫如洗的流浪汉，都能享受到一样的风景和阳光。在这里，自由随意是我最大的感受。

状态，他已经在洛杉矶待了四年。说起这些的时候，他很投入。我看着他觉得，一个人强大的表现就是把经历的种种用一句话轻轻带过，不再有过多的表情，在我看来，他就是这样的一个人。纯粹，自由，随遇而安。我很羡慕他的快乐，渐渐明白洒脱是一种解脱，解脱自我的执念，解脱别人贴在我们身上的标签，解脱一种庸人自扰画地为牢的困境，带着"天生我材必有用、千金散尽还复来"的开怀、"挥一挥衣袖不带走一片云彩"的清扬，尽情地疯耍。

L.A.的生活就这样每天两点一线，沐浴着加州的阳光走在上学放学的路上，阳光洒在脸上，期盼如果人生能一直如此简单就好了。一个人的异国他乡，真的是明白了什么叫孤独。从那时起，我开始了自我较量，颠覆的生活方式，新旧价值观的碰撞，在一点一滴的生活中深埋着，我开始谢谢自己，选择了给自己一个退一步反思的时段。当人从长期的压力和期望中抽离出来，才会认清自己与自己的关系，与社会的关系，思考各种个人价值，以及对事物的观点。人生无处不

语言班上的语法老师是个墨西哥人，人很善良并且非常有趣，每周五的时候，都会带着吉他来班上，和我们分享他写的歌，虽然歌词不是都能听懂，但是从他的音乐中能感受出他也是一个有故事的男同学，走过风雨的眼神，早已波澜不惊。他告诉我们，其实他是一名歌手，白天教课，夜晚去酒吧唱歌。租了一个公寓，和女朋友一起住着，没有结婚，并且也不想结婚，他认为爱情是自由的，就这样的生活

修行，要学会面对孤独，才会和平地与自己相处，才会做出更多有意义的事，才能在纷扰里安然无恙。人到了某一个阶段，就会给自己的生活做减法，拿走一些朋友，知道什么是真朋友，拿走一些梦想，才知道现实是什么。来到美国就像是一场旅行的奔波，想通了许多症结，依然不变的是在路上。

现在我加入了旅游卫视主持人的队伍，备感荣幸，这是每一个爱旅行的人的理想工作地，它新奇，它不断探索，它能带你认识世界，它能带你探访散落在地球的小部落，它为你带来更多的旅游小 tips，它是我的理想国。每当新认识的朋友们问起在哪里工作，而我回答旅游卫视时，朋友基本都会投来羡慕的眼光并感叹："你的工作就是旅游吧？"每每这个时候，我就会告诉他们："我是《中国旅游新闻》的主播，只能每天坐在演播间里，向观众们播送世界各地有关旅游的大小事件。所以，我是真的身未动，心已远。"

未来，不知道能走多远，重要的是我一直在路上，与旅游卫视同行，一定会有更多的精彩。不必是多么突出或者耀眼的事情，只要在路上寻找那些细微的时刻，让内心充实，让回想起的时候，会心一笑。

平凡之路，让我们一起走吧。

旅行的意义

喻恩泰 演员。代表作品有《武林外传》《火锅英雄》等，第四届澳门国际电影节最佳男主角。曾任旅游卫视《最强少年》等节目的嘉宾主持。

／旅游卫视成立 15 周年了，这是个特殊的电视台，是中国境内唯一一家将专业取向放在名号上的大型电视媒体。岁月积淀，在生日之际，总想对她说点什么。

除了爱看这个台的节目之外，一方面，我还参加过旅游卫视的节目录制，做过嘉宾，也做过主持人；另一方面，我的太太来自旅游卫视，旅游卫视是她的娘家。旅游卫视的存在肯定改变了我的生活，尤其是后一方面的因素。如果我的太太史林子没有从事旅行的工作，成为一个旅行家，我俩根本就不会认识，她和我相识是因为以旅行的名义参加了一场偶然的对话。

接下来我要说说，旅行多么重要，旅游卫视多么重要。

人类的一切活动可以说都是一场旅行。在医院里挂号等医生，就只是看病吗？不，那是一场旅行。开车堵在三环上，那也是一场旅行。上学、工作、结婚、带孩子，都是旅行。人生就是一场旅行，不论你有多少房产，哪怕我们一生足不出户。

在不同的场合，人们介绍我的身份，是演员、主持人或者其他。一个人很有可能被冠以不同的头衔，但真实的身份是什么？我常想，无论我拥有什么，我都是个无家可归的人，并不是我自卑，这本是人类的命运，荣格说人类的特性就是 Homeless，所有人都注定无家可归。在这个哲学意义下，有一个词，可以涵盖所有人：旅行者。

我常看电视节目，自己也从事这一行，有一天突然意识到，不论什么电视台，不论节目是什么内容，不管以何种方式，无一例外，所有类型的电视节目都和人类的某种旅行有关。这么说，所有节目都是旅游节目。那么电视台呢？某种意义上，可以开句玩笑：所有的卫视都是"旅游卫视"。

身边各行各业的朋友常在不同场合用口语提及："身未动，心已远。"言简意赅，上口，有韵。这句话成了俗语，使用率很高。"身未动，心已远"来自旅游卫视，常常出现在片花当中，久而久之，进入了观众们的下意识。我们现代人忙碌，常常无法抽身。我们的心却可以向往远方，旅游卫视的节目不能不说是一种慰藉，给了我们在家体会远方的可能。电视媒体发展到今天，给了我们很多美好的回忆，同时又面临太多的挑战，但旅行这个主题只会随着时代的发展而更加深入。旅游卫视，无论在昨天、今天还是明天，都会给我们带来无尽想象。

旅行是人类的本性。我们去旅游，为了什么？是为了留下故事，故事中充满人性，老了可以回味。把我们的故事记录下来，给别人看，为了什么？是希望后来的人们比我们走得更远，无论身动或未动，至少心灵，可以到达更远的地方。

祝福旅游卫视！

15 年来，旅游卫视成为中国电视行业万众瞩目的焦点

先锋前沿的时尚品质，日益强劲的节目收视

绿色媒体的品牌理念，个性鲜明的旅游特色

凭借

2002 年诞生至今

15 年，我们仍谨记初心

15 年，我们仍在路上

向世界，恰少年

「身未动，心已远」：我最骄傲的一句话

关正文，资深电视人，曾任旅游卫视副总编辑，近年来制作了《见字如面》《中国成语大会》《中国汉字听写大会》等一系列极具影响力的优质节目。

/ 到旅游卫视工作其实源于一个很偶然的机会，而当时正处于转型期的旅游卫视，对我来说也有着特别强烈的吸引力。这次转型，不仅在频道市场化运营的模式上做出了真正创新的尝试，还极大地刺激了每一个电视人的想象力。在那段奋斗的岁月里，我认为，旅游卫视让我收获的远比我为卫视付出的要多得多。虽然已经过去了十几年，但当时充满着新鲜感和创意激情的状态，却好像还在昨天，让我现在每每回想起来都觉得非常美好。

犹记得，当时为了制作新的台标，我们请了一个非常优秀的设计师——中央美院的教授刘波。

设计完成，我们一起去刘波的工作室看成果。一进门，就看见一个图案投影在荧幕上，就那么一眼，一眼我就觉得对了，就是这个了。

人类的迁徙和相互走访，构成了世界交流最核心的元素，受到这个想法的启发，刘波画了一个地球，然后用连接线在世界上的各个点之间来回串联，再把这些线所串成的图案染上颜

色，经过艺术加工，就是大家今天看到的这个美妙而平衡的台标。

台标确定后，就开始构思频道语。旅游是动态的，但看电视却是一种静态的行为，如何让两者之间产生关联，

从而将频道的价值体现出来呢？某个偶然的瞬间，灵感点燃。我忽然想到，旅游卫视的作用，其实就是让我们的灵魂从坐在电视机前的静态身体中游离出来，前往荧幕里的各个地方去游历广大的世界。

于是，"身未动，心已远"，这六个字就自然而然地浮现在了我的脑海中。我认为这是最有色彩有生命的六个字，是我一生中写过的最漂亮的六个字。

那么谁来录"身未动，心已远"这六个字呢？我们尝试过很多次，都没有找到特别合适的人选。有一天，很偶然地，我在出租车上听到了电台女主播春晓的节目，她的声音偏女中音，而发音的节奏和方式都很特别，我当即和同事说："天啊，我们得马上找到她！"

"身未动，心已远"，世上本没有这个声音，当春晓读出来的那一刻，我们的频道语就诞生了。而那一刻实在太奇妙，太快乐。

后记：人生没有白走的路，每一步都算数

韩国辉，资深媒体人，曾任海南广播电视台副总编辑、旅游卫视总裁。

/2001 年，我和那个安于平淡的自己说了再见，放弃了在东北的国企铁饭碗，独自一人来到海南，由北向南，我义无反顾地成为一名电视人。2002 年，旅游卫视开播，在那个国人还没有普遍踏出国门的年代，旅游卫视开创性地在屏幕上展现了外面的万千世界。由内而外，大家和"目光的封闭"告别。

2008 年，我和那个经历了编导、主持人、制片人等工作的自己说了再见，以副总监的身份推开了旅游卫视

在北京的大门，由南向北，在凛冽冬风里正式成为这里的一员。同年次贷危机之后，中国人开始大批跨出国门，2014 年出境游人数首次破亿。由少到多，大家和"脚步的封闭"告别。

2017 年，我由那个闯荡的年轻人变成一个年迈不惑的中年，旅游卫视由那个初生的婴儿长成一个 15 岁的少年。

不断告别，不断说"再见"，一次旅程，一段人生，一个时代。平常岁月中的捉襟见肘无处躲藏，我们却又是如此的不甘平凡，以出走与归来沉淀

个人记忆，对抗现实的荒腔走板，一地鸡毛。于是，我们在或平行、或交错的时空中遇见挫败、惊喜、琐碎、安然。我们感情丰沛地扑向冷漠，又心灰意冷地迎来热忱。无论多敏感、细腻，最后回头望向走过的路，发现该遗忘的总会飘散，该记住的总会镌刻在那些美好的时刻上。这，就是旅行的要义。

久了，便会混淆旅行与人生的边界。转湖的时候，期待在纳木错的星空下获得生活的真谛，最后在未果的尴尬中收场。或者，把离开一座城市生活作为一次漫长的旅行，在意干燥与湿润的变化，而不去做失去与获得的比较。15 年来，旅游卫视遇见了很多像我这样的人，他们将自己旅行的人生和人生的旅行留在这个转角，然后起身，继续赶路。无论接下来的是弯路、错路、歧路、归路，说起旅行和人生，李宗盛如此唱道："人生没有白走的路，每一步都算数。"

因为《美丽目的地》栏目第一次见到杨澜姐，她说自己没带名片，便在一张纸片上写下了自己的电话。李静的《美丽俏佳人》在旅游卫视获得成功，后来因为理念的分歧合作结束，这次我发出邀请，没想到她一口便答应下来。慢慢和梁冬熟络，爱上他的神叨和有趣，惊讶于无论什么事，他都能洗脑般地从你这里获得认同，包括关于旅行。因十周年的纪念活动让记者专访关正文，他说："你问问韩总，真的确认是要采访我吗？"我约了他见面，后来我们成了很好的朋友。

阿涩和梁子形成了有趣的对比，一个是第一个加入百国俱乐部的中国人，足迹踏遍全球 160 多个国家；另一个在十年内每一年都去非洲一次，定期重访印度，在不同的时间拜访同一些人。他们展开世界的方式不同，所看到的世界就肯定不同，但都很精彩。

主持人史林子是我从校园招来的，当初被这个妞儿的"二"所吸引，在节目中她活泼自然。一天，她告诉我自己被一个"老男人"伤害，我安慰她。后来这个老男人成了她的丈夫，我最好的酒友之一，名叫喻恩泰，他生于1977 年，我生于 1976 年。

恕我没有篇幅去描述书中的每一个人，居然我和每个人都能讲出几件趣事。旅游卫视的这次集体怀旧凝聚着一种情结。乡愁永远是旅行的主题，我们深情凝望那些逝去的岁月。但无奈时间的箭头总是坚定地指着前方，由不得我们倒车。在那些山河的轮廓里，城市的纹理中，众生的面目前，旅程总会在太阳升起或月亮渐明的时候开始，也总会在饮尽杯中物的愁怀中结束。

念念不忘，必有回响。

感谢每一位为这本书写文章的朋友，谢谢你们用回忆打开一个个闸门，涌出情感的潮水。感谢每一个在旅游卫视并肩或并过肩的同伴，谢谢你们和我一样坚信旅行的力量，去放飞房间里的心灵。感谢每一位旅游卫视的观众，感谢读这本书的你，谢谢你们笃信日常中的传奇。记住，15 年后，我们还将散发弄扁舟。

最近翻到手机里的几张照片，是一堵写满文字的墙。那时候旅游卫视要搬到新的办公室，我建议在一面旧地的空墙上写下自己临走最想说的话："这个地方给了我十斤肉""旧的地方没桃花，新的地方会有吧""五年的青春啊"……循着字迹，我找到自己的那一句，狡猾而又实诚的，冷静而又热烈的，念旧而又展望的：

"身未动，心已远，旅游卫视，让我们一起走吧。"

2017 年春，北京

244

他们的十五年

此时此刻只想说声谢谢。
I will be better.

15年前是父母带我去照相馆照相，现在一转眼长大了，我更想的是和父母一起去各处旅行，看更美的风景，照更多的合影，制造更多的快乐。希望家人平安幸福。

鲸鱼马戏团

Carrie钞

我想对爸妈说 15 年前你们站在我后方阿护照顾我周全，如今也该换我站在你们身后照顾你们了，爱你们，再次感谢！

Ms_彬小姐

第一张是 2001 年在大连老虎滩，第二张是 2016 年在以色列特拉维夫的雅法古城！

15 年，抹去了我的稚气，却增加了我对旅行的热爱。

东林的旅行

15年后的我已经不记得15年前的我是什么感觉，只觉得15年转瞬即逝，懵懵懂懂地走在人生的路上，一点点前行。只能说吾似普人，不是普人。

怪人杨 Oh

呐~就是觉得，15年不算长，可是，早已物是人非了吧。十五年中发生了一些不太好的事，但已没关系。嘿嘿，那时很幸福啊，现在也不赖，平凡地生活着，有家人有爱人有朋友。

山佳丹

只要家人能在一起，到哪儿都是家。下个15年我们继续一起成长——起玩!

光阴划过，豆蔻已亭亭。时光不止，流水仍沥沥。

Hollow-森

凝烟

你的十五年

十五年前

十五年后

让我们继续一起走吧！

责任编辑	王欣艳
特约编辑	郁琳
责任印刷	冯冬青
装帧设计	杨光

图书在版编目（CIP）数据

身未动心已远 / 旅游卫视编著 . -- 北京 ：中国旅游出版社，2017.6
ISBN 978-7-5032-5853-4

Ⅰ．①身… Ⅱ．①旅… Ⅲ．①游记－作品集－中国－当代 Ⅳ．① I267.4

中国版本图书馆 CIP 数据核字 (2017) 第 127082 号

身未动，心已远

作 者	旅游卫视编著
出版发行	中国旅游出版社（北京建国门内大街甲 9 号 邮编：100005）
	http://www.cttp.net.cn E-mail:cttp@cnta.gov.cn
	营销中心电话 :010-85166503
经 销	全国各地新华书店
印 刷	北京久佳印刷有限责任公司
版 次	2017 年 6 月第 1 版 2017 年 6 月第 1 次印刷
开 本	850 毫米 ×1168 毫米 1/32
印 张	8
印 数	5000 册
字 数	100 千
定 价	39.00 元
Ｉ Ｓ Ｂ Ｎ	978-7-5032-5853-4